Fischer TaschenBibliothek

Jeder kennt ihn: den Wunsch zu fliehen, den Gedanken, das alte Leben abzulegen, ein anderer sein zu können, vielleicht man selbst. Peter Stamm ist ein Meister im Erzählen jener Träume, die zugleich locken und erschrecken, die zugleich die schönste Möglichkeit und den furchtbarsten Verlust bedeuten. »Weit über das Land« ist ein Roman, der die alltäglichste aller Fragen stellt: die nach dem eigenen Leben.

»Stamm ist ein Meister der leisen Dramatik. (...) Wer als Leser die Motive verstehen will, muss in die Seelenwelt der eigenen Unsicherheiten abtauchen (...) in diesem wunderbaren, schmerzlichen Roman.«
Tomasz Kurianowicz, Die Zeit

PETER STAMM, geboren 1963, studierte einige Semester Anglistik, Psychologie und Psychopathologie und übte verschiedene Berufe aus, u. a. in Paris und New York. Er lebt in der Schweiz. Seit 1990 arbeitet er als freier Autor. Er schrieb mehr als ein Dutzend Hörspiele. Seit seinem Romandebüt »Agnes« 1998 erschienen sechs weitere Romane, fünf Erzählungssammlungen und ein Band mit Theaterstücken, zuletzt die Romane »Weit über das Land« und »Die sanfte Gleichültigkeit der Welt« und unter dem Titel »Die Vertreibung aus dem Paradies« seine Bamberger Poetikvorlesungen.

Weitere Informationen finden Sie auf www.fischerverlage.de

PETER STAMM

WEIT ÜBER DAS LAND

Roman

FISCHER TaschenBibliothek

MIX
Papier aus verantwortungsvollen Quellen
FSC® C083411
FSC
www.fsc.org

Erschienen bei FISCHER Taschenbuch
Frankfurt am Main, Mai 2018

Umschlaggestaltung: hißmann, heilmann, hamburg
Umschlagabbildung: plainpicture / Johner / Roine Magnusson
Satz: Dörlemann Satz, Lemförde
Druck und Bindung: CPI books GmbH, Leck
Printed in Germany
ISBN 978-3-596-52174-6

Wenn wir uns trennen, bleiben wir uns.

Markus Werner, *Zündels Abgang*

Für Jaume Vallcorba Plana

Tagsüber bemerkte man die Büsche kaum, die das Grundstück von jenen der Nachbarn trennten, sie gingen unter im allgemeinen Grün, aber wenn die Sonne sank und die Schatten länger wurden, war es, als wüchsen sie zu einer Mauer, die immer unüberwindbarer wurde, bis schließlich das letzte Licht aus dem Garten verschwunden war und die ganze quadratische Rasenfläche im Schatten lag, ein dunkles Verlies, aus dem es kein Entkommen mehr gab. Dann wurde es, jetzt, Mitte August, schnell kühl, die Kühle und die Feuchtigkeit schienen aus dem Boden zu dringen, in den sie sich während der Sonnenstunden zurückgezogen hatten, ohne jemals ganz daraus zu verschwinden.

Thomas und Astrid hatten die Kinder ins Bett gebracht, sich mit einem Glas Wein auf die Holzbank vor dem Haus gesetzt und die Sonntagszeitung geteilt. Nach einer Weile war durch das offene Fenster Konrads weinerliche Stimme zu hören gewesen, und Astrid hatte ihren Teil der Zeitung mit einem Seufzer auf die Bank gelegt, hatte ihr Weinglas geleert und war wortlos hineingegangen und nicht wieder herausgekommen. Thomas hörte ein beruhigendes Murmeln und sah kurze Zeit später, wie das Licht im Wohnzimmer anging. Dann wurde das Fenster geschlossen, ein entschiedenes Zuklappen, das den Tag beschloss, das Wochenende, die Ferien. Das Licht ging wieder aus, und Thomas stellte sich vor, wie Astrid sich im Flur auf den Boden kniete und den großen Koffer auspackte, den sie nach ihrer Rückkehr am späten Nachmittag dort abgestellt hatten. Es musste auch hier heiß gewesen sein während ihrer Abwesenheit, im Haus war es warm, die Luft war abgestanden und dicht, als herrsche im Inneren ein erhöhter Druck. Thomas blätterte die Post durch, die die Nachbarn auf den Tisch im Wohnzimmer gelegt hatten. Astrid stand dicht hinter ihm, ohne sie zu sehen, spürte er ihre Präsenz, ihre Aufmerksamkeit. Nichts Wichtiges, sagte er und setzte sich an den Tisch. Astrid öffnete die Fenster und sagte, während sie hinausging, sie werde das Abendessen machen. Sie hatten in einem Tankstellenshop ein paar Sachen gekauft, Brot, Milch und Käse und einen Beutel Mischsalat. Die Kinder waren in den oberen Stock verschwunden, Thomas hörte sie über irgendetwas streiten. Als er und Astrid sie nach dem Abendessen ins Bett gebracht hatten, war Konrad beim Zähneputzen fast eingeschlafen, und Ella hatte nicht einmal gefragt, ob sie noch lesen dürfe.

Thomas stellte sich vor, wie Astrid zwei Stapel machte mit der sauberen und der schmutzigen Wäsche. Die schmutzige trug sie in die Waschküche im Keller, die saubere verstaute sie im Kleiderschrank im Elternschlafzimmer, jene der Kinder legte sie ordentlich zusammengefaltet auf die Treppe, um sie morgen hochzutragen. Am Fuß der Treppe blieb sie einen Moment lang stehen und hörte von oben leise Geräusche, die Kinder drehten sich in ihren frisch bezogenen Betten hin und her, in Gedanken oder in Träumen noch am Strand oder schon wieder in der Schule.

Das Licht im Schlafzimmer von Astrid und Thomas ging an, durch die Fensterläden wurde ein Streifenmuster auf den Rasen geworfen, der in der anbrechenden Dunkelheit schon alle Farbe verloren hatte. Astrid ging ins Bad, dann noch einmal in den Flur, um den Waschbeutel aus dem Koffer zu holen. Sie betrachtete sich im Spiegel mit jenem ausdruckslosen Blick, mit dem sie auch Thomas manchmal ansah. Wenn er sie dann früher gefragt hatte, woran sie denke, hatte sie jedes Mal gesagt, an nichts, und über die Jahre hatte er angefangen, ihr zu glauben, und sie nicht mehr nach ihren Gedanken gefragt.

Thomas bündelte die Zeitung und legte sie auf die Bank. Er nahm sein Glas in die Hand, um es zu leeren, zögerte, schwenkte den Wein hin und her, dann stellte er das Glas, ohne getrunken zu haben, neben

Astrids leeres. Es war weniger ein Gedanke als ein Bild: die verlassene Bank im Morgenlicht, darauf die Zeitung, das Papier vom Tau gewellt, und die zwei Gläser, im halbvollen einige ertrunkene Fruchtfliegen. Die Sonne schien durch die Gläser und projizierte einen roten Fleck auf das hellgrau gebleichte Holz. Die Kinder kamen aus dem Haus, reihten sich ein in die verstreute Kolonne anderer Kinder auf dem Weg zum Kindergarten, zur Schule. Kurze Zeit darauf ging Thomas zur Arbeit. Er grüßte die alte Frau aus der Nachbarschaft, deren Namen er einmal gekannt und wieder vergessen hatte. Er sah sie fast jeden Morgen mit ihrem Hund, trotz ihres Alters hatte sie einen forschen Schritt und eine laute, sichere Stimme, mit der sie ihn zurückgrüßte, als sei alles in Ordnung, als würde alles immer so weitergehen. Wenn er am Mittag nach Hause kommen würde, wären die Zeitung und die Weingläser verschwunden.

Thomas stand auf und ging auf dem schmalen Kiesweg am Haus entlang. An der Ecke angelangt, zögerte er einen Augenblick, dann bog er mit einem erstaunten Lächeln, das er mehr wahrnahm als empfand, zum Gartentor ab. Er hob das Tor beim Öffnen etwas an, damit es nicht quietschte, wie er es schon als Jugendlicher getan hatte, wenn er spät von einem Fest heimgekommen war und die Eltern nicht hatte wecken wollen. Obwohl er vollkommen nüchtern war, kam es ihm vor, als bewege er sich wie ein Betrunkener, langsam und den Untergrund vor jedem Schritt prüfend. Er ging die Straße entlang, vorbei an den Häusern der Nachbarn, die ihm mit zunehmender Entfernung immer weniger vertraut waren. In manchen Fenstern war Licht, es war noch nicht zehn, aber niemand war mehr in den Gärten oder auf der Straße. Vor ihm wuchs der Schatten, den die letzte Straßenlampe ihm nachwarf, verging im Licht der nächsten, die hinter ihm einen neuen Schatten warf, der kürzer wurde, ihn überholte und ihm wachsend vorauseilte, eine gespenstische Stafette körperloser Wesen, die ihn begleitete, hinaus aus dem Quartier, über die Umgehungsstraße und in die Gewerbezone, die sich weit in der Ebene vor dem Dorf erstreckte.

Das Tor der großen Halle des Recyclingunternehmens stand offen, und ein monotones Summen drang heraus. Thomas duckte sich, als sei er dadurch weniger gut sichtbar. Als er den alten Industriekanal erreicht hatte, drehte er sich zum ersten Mal um und schaute zurück, aber niemand war zu sehen, nur das leiser gewordene Summen der Maschinen war noch immer zu hören.

Die Straße führte ein Stück am Kanal entlang und dann über eine schmale Brücke. Thomas ging jetzt schneller, es war ihm, als habe er das Gravitationsfeld des Dorfes verlassen und bewege sich ungebremst durch den Raum, hinein in das unerforschte Gebiet der Nacht. Die Wiesen links und rechts der Straße gehörten zu einer Pferdezucht und waren von hohen Zäunen umgeben. Ganz hinten auf einer der Weiden standen einige Pferde so dicht beieinander, dass ihre Körper in der Dunkelheit zu einem einzigen vielköpfigen Wesen verschmolzen. In den Gebäuden des Hofes war kein Licht zu sehen. Kurz bevor Thomas sie erreichte, hielt er an und lauschte. Als die Kinder kleiner gewesen waren, waren Astrid und er oft mit ihnen hier vorbeispaziert, aber er konnte sich nicht erinnern, ob die Besitzer einen Hund hatten. Schnell lief er an den Gebäuden vorbei. Noch immer war nichts zu hören, nur plötzlich ging ein Halogenstrahler an und beleuchtete den Vorplatz und einen Teil der Straße.

Thomas war erleichtert, als er den Waldrand erreichte. Der Mond war nicht zu sehen, und im Waldesinneren war der Kiesweg nur noch eine helle Ahnung. Die Leere der Nacht schien ihn vorwärtszuziehen. Der Weg führte immer am Hochwasserdamm entlang und dann über den Damm und zum anderen Rand des schmalen Waldstreifens. Hier war etwas mehr Licht. Aus der Ferne waren Autos zu hören und einmal ein Zug. Thomas schaute auf die Uhr und entzifferte mit Mühe die Zeit. Es war halb elf, der Zug war pünktlich. Für einen Moment dachte er daran, wie die kurze Wagenfolge in den hellerleuchteten Bahnhof einfuhr, wie die wenigen Passagiere, die ausstiegen, durch die Unterführung gingen und zum Fahrradständer, ihre Räder aufschlossen und in alle Richtungen verschwanden.

Jetzt, wo Thomas stillstand, bemerkte er erst, wie still es im Wald war. Vielleicht hatte er gerade deshalb das Gefühl, nicht allein zu sein. Es war ihm, als lauere etwas in der Dunkelheit, kein Mensch, kein Tier, eine Art allgemeiner Lebendigkeit, die den ganzen Wald umfasste.

Er ging den Weg weiter, bis er endete. Von hier waren es keine hundert Meter mehr bis zur Stelle, an der der Industriekanal in einem spitzen Winkel in den Fluss mündete. Thomas ging über die Wiese zu der Feuerstelle, wo sie sich als Jugendliche manchmal abends getroffen hatten. Der Kanal schien mehr Wasser zu führen als der Fluss, dessen Bett vor der Einmündung fast ausgetrocknet war. Trotzdem wäre es schwierig gewesen, auf die andere Seite zu gelangen. Thomas setzte sich auf die rohen Steinquader, mit denen die Stelle befestigt war. Vom Flussbett herauf stieg ein modriger Geruch. Er zog seine Zigarettenpackung heraus und ertastete mit den Fingern die Zigaretten, elf, zählte er. Er zündete eine an und schaute in den Himmel, der jetzt ganz dunkel war. Obwohl es klar war, waren nicht viele Sterne zu sehen. Er prüfte in seinen Hosentaschen seine Habseligkeiten: ein Schlüsselbund mit einer winzigen Taschenlampe, ein kleines Messer, Zahnseide, ein Feuerzeug und ein Stofftaschentuch. Im Licht der Taschenlampe zählte er sein Geld, etwas mehr als dreihundert Franken. Er fröstelte und überlegte kurz, ein Feuer zu machen. Dann entschied er sich weiterzugehen, zurück bis zur kleinen Fußgängerbrücke über den Kanal und dann dem Tal folgend nach Westen.

Die Holzplanken der schmalen Brücke waren feucht und glitschig, Thomas musste sich am Geländer festhalten, um nicht auszurutschen. Er kam auf einen Pfad, der so schmal war, dass es ihm vorkam, als würde er in der vollkommenen Dunkelheit vom Gebüsch links und rechts gestützt und vorwärtsgeschoben bis zu einer Kiesstraße, die in gerader Linie einen halben Kilometer durch den Wald führte und dann noch einmal so weit über Weideland. Vor sich sah er, wie zwei Autos mit übersetzter Geschwindigkeit die Straßenbrücke überquerten, wie die Lichtkegel ihrer Scheinwerfer die Häuser des Dorfes jenseits des Flusses streiften und kurz darauf hinter dem Hügel verschwanden. An der Landstraße angelangt, hörte er aus der Ferne ein weiteres Auto. Er versteckte sich im hohen Gras der Böschung und wartete. Das Auto näherte sich und fuhr vorbei. Als nichts mehr zu hören war, sprang Thomas auf und lief im Laufschritt über die Brücke. Noch vor dem Dorf verließ er die Hauptstraße wieder und folgte einer schmaleren, die den Fluss entlang zum Segelflugplatz und weiter führte. Als Kinder waren sie manchmal mit den Rädern hierhergefahren, um den Fliegern zuzuschauen, aber der Flugbetrieb hatte Thomas nie wirklich interessiert, er war nur seinen Freunden zuliebe geblieben, die davon geträumt hatten, selbst einmal zu fliegen.

Am Rand der Graspiste war ein langer Hangar, dahinter und von einer Hecke verborgen, standen ein gutes Dutzend Wohnwagen, von denen Thomas nur die Umrisse erkennen konnte. Nirgends brannte Licht oder war ein Geräusch zu hören. Er fühlte sich sehr müde. Er ging zum vordersten Wohnwagen, tastete nach dem Türgriff und drückte ihn vorsichtig hinunter. Die Tür war verschlossen. Auch die anderen Wagen waren verriegelt, aber einer hatte ein Vorzelt, das sich leicht öffnen ließ. Als Thomas hineintrat, spürte er, dass der Boden mit einem Holzrost bedeckt war. Die Luft war abgestanden, es roch nach Gras und altem Plastik und leicht säuerlich nach Essen. Im schwachen Licht der kleinen Taschenlampe sah er einen Campingtisch und vier Stühle und eine improvisierte Küche mit einem zweiflammigen Gaskocher und einer Spüle. In einer Ecke lag eine Plane aus steifem, beschichtetem Stoff. Thomas wickelte sich hinein und legte sich auf den Boden, aber auch so war ihm noch kalt. Er konnte nicht einschlafen auf dem harten Boden und dachte an zu Hause, fragte sich, ob Astrid seine Abwesenheit schon bemerkt hatte. Sie ging oft vor ihm schlafen und erwachte nicht, wenn er ins Bett kam.

Wenn Astrid am Morgen bemerken würde, dass Thomas nicht neben ihr lag, würde sie denken, er sei schon aufgestanden, obwohl fast immer sie zuerst auf war. Schlaftrunken würde sie in den oberen Stock gehen und die Kinder wecken und dann wieder herunterkommen. Zehn Minuten später würde sie frisch geduscht und im Morgenmantel aus dem Bad kommen und nach den Kindern rufen, die bestimmt noch in ihren Betten lagen. Konrad! Ella! Macht vorwärts! Wenn ihr jetzt nicht aufsteht, kommt ihr zu spät. Die immer gleichen Sätze, und darauf die immer gleichen Antworten. Nur noch eine Minute. Ich bin schon aufgestanden. Ich komme gleich. Auf dem Weg zur Küche würde Astrid einen Blick ins Wohnzimmer werfen und sich kurz wundern, dass Thomas auch hier nicht war. Aber diese erste Dreiviertelstunde am Morgen verlief nach einem so festen Plan, dass sie keine Zeit hatte, an etwas anderes zu denken als an das, was zu tun war. Die Kaffeemaschine einschalten, Wasser nachfüllen, den Tisch decken, Brot, Butter, Konfitüre und Honig, Milch und Kakaopulver. Sie rief noch einmal nach den Kindern, lauter und mit einem ärgerlichen Unterton, und ließ sich einen ersten Kaffee aus der Maschine, den sie im Stehen trank. Dann kamen die Kinder endlich heruntergepoltert, setzten sich an den Tisch. Konrad blinzelte verschlafen, Ella legte ein geöffnetes Buch neben ihren Platz, und Astrid musste sie zweimal ermahnen, bis sie es mürrisch schloss und sich ein Brot strich. Mit vollem Mund fragte Konrad endlich, wo ist Papa? Er musste heute früh raus. Astrid wusste nicht, weshalb sie das sagte. Es war die einfachste Erklärung, und indem sie sie aussprach, wurde sie beinahe zur Realität. Er musste früher ins Büro. Die Kinder fragten nicht weiter, obwohl Thomas kaum je vor dem Frühstück aus dem Haus ging. Astrid dachte kurz nach, ob Thomas etwas von einem Termin gesagt hatte, aber dann erhoben sich die Kinder schon, und sie musste schauen, dass sie nichts vergaßen. Geht ihr heute schwimmen? Zieh doch die Sandalen an. Doch, du brauchst einen Pullover, es ist noch kühl draußen. Das Buch bleibt hier. Los jetzt! Sie küsste die Kinder auf die Wangen und schob sie aus der Tür. Einen Moment lang blieb sie in der offenen Tür stehen, sah ihnen nach, wie sie um die Ecke verschwanden, hörte das vertraute Quietschen des Gartentors und dann, wie es zuknallte. Die Luft roch schon ein wenig nach Herbst.

Während Astrid ins Bad ging, um sich die Haare zu föhnen, überlegte sie, ob sie heute ins Freibad gehen sollte. Sie musste die Wäsche waschen, die Koffer fertig auspacken, einkaufen. Sie legte sich einen Plan zurecht. Erst als sie aus dem Bad trat, dachte sie wieder an Thomas. Sie rief im Büro an. Die Sekretärin sagte, er sei noch nicht da, und fragte, ob sie schöne Ferien gehabt hätten. Wunderschön, ja. Können Sie mal in seinen Terminkalender schauen? Nein, sagte die Sekretärin nach einer kurzen Pause, da steht nichts. Erst am Nachmittag hat er einen Termin mit einem Kunden. Sagen Sie ihm bitte, er soll mich kurz anrufen, wenn er kommt, sagte Astrid.

Sie fuhr mit dem Fahrrad einkaufen, hängte die Wäsche draußen auf und räumte die Koffer fertig aus. In einem war eine Plastiktüte mit Muscheln, die die Kinder am Strand gesammelt hatten. Als Astrid sie auf den Tisch kippte, rieselte Sand aus der Tüte. Sie legte die Muscheln und Schneckenhäuschen in einen flachen Korb und wischte den Sand vorsichtig zusammen, damit es auf dem Tisch keine Kratzer gab. Dann verstaute sie die Koffer auf dem Dachboden. Oben war es heiß, die Luft hatte eine fast wattige Konsistenz. Etwas wehmütig dachte Astrid an die zwei Wochen, die sie am Meer verbracht hatten, an die Hitze, die sie liebte, die spanischen Markthallen, das wunderbare Gemüse, die Früchte, die unzähligen Sorten Fisch, die man dort kaufen konnte. Wir bleiben einfach hier, hatte Thomas an einem der letzten Tage im Scherz gesagt. Sie hatte gelacht, und dann hatten sie sich alle gemeinsam ausgedacht, wie es wäre, das ganze Jahr über am Meer zu wohnen. Es war ein Spiel, aber Astrid sah in Thomas' Augen und in den Augen der Kinder ein begeistertes Leuchten. Und wie würden wir Geld verdienen? Wir basteln Schmuck aus Muscheln und verkaufen ihn auf der

Strandpromenade. Und die Schule? Papa ist unser Lehrer. Schließlich sagte Astrid, zu Hause ist es doch auch schön. Das Meer wäre gar nichts Besonderes mehr, wenn es immer vor der Tür wäre. Und im Winter gibt es bestimmt Stürme hier und es ist feucht im Haus, es gibt ja nicht einmal eine richtige Heizung. Sie war immer die Stimme der Vernunft in ihrer Beziehung, in der Familie gewesen. Manchmal fragte sie sich, ob Thomas ein anderes Leben gewählt hätte, wenn sie kein Paar geworden wären.

Thomas rief nicht an. Vielleicht hatte er es probiert, während sie einkaufen gewesen war, und hatte keine Nachricht hinterlassen wollen. Oder er hatte es einfach vergessen. Bestimmt hatte er viel um die Ohren nach den Ferien und musste an hundert andere Dinge denken. Es wäre Astrid peinlich gewesen, noch einmal mit der Sekretärin zu sprechen. Sie entschloss sich, doch kurz ins Schwimmbad zu gehen. In den Ferien hatte sie sich vorgenommen, sich mehr zu bewegen, zu schwimmen, solange das Wetter es zuließ, und danach wieder mit Joggen anzufangen.

Im Radio hatten sie für den Nachmittag Regenschauer und fallende Temperaturen angekündigt, aber noch war vom Wetterumschwung nichts zu merken. Trotzdem war das Schwimmbad fast leer. Astrid empfand es als Privileg, mitten am Tag schwimmen gehen zu können, zugleich fühlte sie sich ausgeschlossen aus der geschäftigen Welt, in der Thomas sich bewegte und sogar die Kinder, die jetzt in der Schule saßen und über Rechenaufgaben grübelten oder einen Aufsatz schrieben über ihre Ferienerlebnisse. Sie hatte ein schlechtes Gewissen, aber dieses leichte Gefühl von Schuld hatte auch etwas Befriedigendes.

Die Umkleidekabinen waren schmutzig, überall lagen Abfälle herum, und der hellblau gestrichene Betonboden fühlte sich klebrig an. Gestern war bestimmt viel los gewesen hier, der letzte Ferientag, vielleicht der letzte Hitzetag des Jahres. Nach zwei Wochen Schwimmen im Salzwasser fühlte sie sich schwer im Becken, als werde sie hinuntergezogen. Sie schwamm nur zehn Bahnen und legte sich dann kurz in die Sonne, bis ihr Badeanzug einigermaßen trocken war. Um halb zwölf war sie wieder zu Hause.

Sie leerte den Briefkasten und warf einen kurzen Blick in die Zeitung, dann hängte sie die letzte Wäsche auf. Sie hatte den Kindern ihr Lieblingsessen versprochen, Pfannkuchen mit Apfelmus und Nutella. Während sie das Essen zubereitete, ließ sie das Radio laufen, obwohl sie sich immer über die munteren Sprecher ärgerte, die nur Unsinn redeten und die Hörer, die anriefen, um irgendeine Quizfrage zu beantworten, wie Schwachköpfe behandelten.

Die Kinder kamen spät. Fünf Wochen lang hatten sie ihre Freunde nicht gesehen, bestimmt hatten sie sich auf dem Nachhauseweg viel zu erzählen gehabt.

Ella grüßte nur kurz und verschwand sofort ins Wohnzimmer. Als Astrid den Tisch deckte, saß sie auf dem Sofa und las. Wie war die Schule? Ella murmelte etwas Unverständliches. Zurück in der Küche, erwischte Astrid Konrad dabei, wie er ein kleines Stück vom Rand eines Pfannkuchens abriss und es sich in den Mund stopfte. Finger weg!, rief sie. Kannst du nicht warten? Wo ist Papa?, fragte Konrad. Er kommt heute nicht zum Essen, sagte Astrid, er hat viel zu tun. Dann gibt es für uns mehr Pfannkuchen, sagte Konrad.

Beim Essen erzählten die Kinder, wo ihre Klassenkameraden die Ferien verbracht, was sie erlebt hatten. Astrid hörte nur mit halbem Ohr zu. Sie überlegte, was mit Thomas los war. Sie beruhigte sich selbst. Was sollte schon passiert sein? Am Abend zuvor war er gewesen wie immer. Auch in den Ferien war nichts Besonderes vorgefallen, im Gegenteil, es waren zwei ungewöhnlich harmonische Wochen gewesen. Die meiste Zeit hatten sie am Strand verbracht oder im Ferienhaus. Die Rückfahrt im Auto war anstrengend gewesen, in Frankreich hatten sie zweimal lange im Stau gestanden, aber Thomas neigte nicht dazu, sich über solche Dinge aufzuregen. Er war überhaupt ein sehr ausgeglichener Mensch, ein Durchschnittsmensch, wie er selbst manchmal sagte. Bestimmt gab es eine ganz banale Erklärung für seine Abwesenheit. Astrid war noch nicht einmal besorgt.

Die Kinder hatten am Nachmittag Schule, und Astrid beschäftigte sich mit Gartenarbeit. Nach zwei Wochen ohne Pflege war der Garten verwildert, das Unkraut stand knöchelhoch, und die Tomatenstauden bildeten ein richtiges Dickicht. Astrid jätete und band die Tomaten hoch und geizte sie aus. Von Westen her zogen dunkle Wolken heran und verdeckten die Sonne. Astrid mähte den Rasen. Das Geräusch des Rasenmähers war ungewöhnlich laut und hallte, als befände sie sich in einem geschlossenen Raum. Sie war noch nicht ganz fertig, als sie die ersten Regentropfen spürte. Schnell hängte sie die Wäsche ab und brachte sie ins Haus. Der Regen wurde nur ganz allmählich stärker. Astrid trug den Rasenmäher in den Keller, sie öffnete überall im Haus die Fensterläden. In Konrads Zimmer blieb sie stehen und schaute hinaus in den Regen, der behutsam und fast geräuschlos fiel. Es war kühl geworden, sie fröstelte und schloss das Fenster. Im Haus war es immer noch warm, aber weniger drückend.

Mit dem Wetter hatte sich auch Astrids Stimmung verändert. Während sie die Treppe hinunterging, dachte sie an die Kinder, die bald von der Schule heimkommen würden, und daran, dass sie ihnen Regenjacken hätte mitgeben sollen. Sie empfand ihre Schutzlosigkeit als Schuld. So oft hatte sie das Bedürfnis, Ella und Konrad zu beschützen, vor gemeinen Mitschülern, fordernden Lehrern, ganz banalen

Dingen, die zum Leben jedes Kindes gehörten, und vermochte es nicht. Das Telefon klingelte. Es war Thomas' Sekretärin, sie sagte, sie habe es schon ein paarmal versucht. Sie klang aufgeregter, als Astrid es war. Er hatte um zwei einen Termin mit einem Kunden, sagte sie. Ich war im Garten, sagte Astrid. Und dann, sie wusste nicht, weshalb, er ist krank, es tut mir leid, ich hätte anrufen sollen. Die Sekretärin schien sich nicht zu wundern, dass Astrid sich noch am Morgen nach Thomas erkundigt hatte und jetzt behauptete, er sei zu Hause. Die Einfachheit der Erklärung schien alle Bedenken aus dem Weg zu räumen. Als könne sie die Lüge damit wahrer machen, erklärte Astrid, dass Thomas eine starke Erkältung habe. Vielleicht die Klimaanlage im Auto oder einfach die Anstrengung der langen Fahrt. Ich hatte vor zwei Wochen einen schlimmen Schnupfen, sagte die Sekretärin und lachte, als habe sie einen Witz gemacht. Kommt er morgen wieder? Ich glaube nicht, sagte Astrid. Dann soll er sich gut von den Ferien erholen, sagte die Sekretärin und lachte wieder, wünschen Sie ihm gute Besserung.

Astrid versuchte, sich abzulenken, indem sie an das Abendessen dachte, daran, was sie kochen würde und wie sie zusammensitzen würden im warmen Esszimmer, während draußen der Regen fiel. Aber plötzlich war sie sicher, dass Thomas auch zum Abendessen nicht kommen würde und auch morgen nicht. Das Gefühl nahm ihr den Atem, sie machte sich keine Sorgen, sie empfand eine lähmende Angst, als wüsste sie schon, was geschehen würde.

Thomas musste trotz des unbequemen Lagers geschlafen haben. Sein Rücken schmerzte und ihm war kalt. Im Vorzelt war es immer noch stockdunkel, obwohl er den Arm mit der Uhr dicht vor die Augen hielt, konnte er die Zeit nicht ablesen. Eine Weile lang blieb er liegen und versuchte, wieder einzuschlafen, aber die Kälte war so durchdringend, dass er schließlich aus der Plane kroch und aufstand. Draußen war es etwas heller. Der Mond stand jetzt am Himmel, er war fast voll, aber er schien weit entfernt zu sein. Thomas lief am Hangar vorbei auf die Graspiste, über der dünne Nebelschleier schwebten. Hier war die Sicht freier, und er konnte im Osten schon einen ersten Schimmer Licht sehen. Er machte ein paar Kniebeugen, bis ihm wärmer wurde, dann ging er zurück zu den Wohnwagen. Es wurde jetzt schnell heller. Aus dem Wald war ein wildes Konzert von Vogelstimmen zu hören und aus der Ferne Kuhglocken und dann und wann ein Auto von der Landstraße jenseits des Flusses.

Thomas hatte Hunger. Er prüfte noch einmal die Türen der Wohnwagen, alle waren abgeschlossen. Kurz dachte er daran, eine Tür aufzubrechen, aber dafür hätte er Werkzeug gebraucht, und er hatte nur sein kleines Taschenmesser, das zu nicht viel mehr taugte, als sich die Fingernägel zu reinigen oder einen Brief zu öffnen. Als er schon aufgeben wollte, entdeckte er an einem der Wagen ein Schiebefenster, das einen Spaltbreit offen stand. Mit einiger Mühe konnte er einen Arm hineinzwängen und die Verriegelung lösen. Das Fenster war sehr klein, er war überrascht, dass er es schaffte, sich hindurchzuwinden.

Im Inneren des Wohnwagens war es eng und es roch muffig. Das Fenster, durch das Thomas hereingeklettert war, befand sich über einer Art Bettsofa. Nach einigem Herumtasten fand er den Lichtschalter. Eine schwache Sparlampe erleuchtete das Innere des Wagens mit grauem Licht. Die Wände und Schränke waren mit billig wirkendem Nussbaumimitat verkleidet, der Stoff, mit dem die Polster bezogen waren, war weinrot und beige und hatte ein altmodisches Rautenmuster, vor den Fenstern hingen gehäkelte Gardinen. Thomas öffnete alle Schränke. In einem gab es klebrige Flaschen mit Öl und Essig, eine fast leere Tube Senf, alle möglichen Gewürze, Teebeutel und Instantkaffee, in einem anderen Nudeln und Reis, Dosentomaten, Beutelsuppen. Schließlich fand er zwei Schachteln Kekse und eine halbe Tafel Schokolade. Nachdem er die Kekse gegessen hatte, war ihm ein wenig übel, aber wenigstens hatte er keinen Hunger mehr. Er löschte das Licht und öffnete die Tür. Er erschrak, wie hell es draußen schon war.

Im Zentrum der Wohnwagenburg gab es einen kleinen umzäunten Pool und daneben ein offenes Gebäude, eher eine Art Unterstand. Drinnen fand Thomas Duschen, Toiletten und Waschbecken. Es gab kein warmes Wasser, trotzdem ging er kurz unter eine der Duschen. Das kalte Wasser erfrischte ihn, und obwohl er in der Nacht nur wenig geschlafen hatte, fühlte er sich danach sehr wach. Er trocknete sich notdürftig mit einem fleckigen Handtuch ab, das neben einem der Waschbecken hing. Dann ging er noch einmal in den Wohnwagen, steckte die Schokolade ein und holte die leeren Keksschachteln und warf sie in den Müll. Er machte sich nicht die Mühe, den Wagen zu verriegeln und durch die Luke zu steigen. Wenn die Besitzer das nächste Mal kamen, würden sie sich vielleicht wundern, dass die Tür nicht abgeschlossen war und dass die Kekse verschwunden waren, aber sie kämen bestimmt nicht auf die Idee, jemand sei eingebrochen.

Thomas ging die schmale Straße weiter, die er gestern gekommen war. Bis zum Flugplatz hatte er noch jeden Weg gekannt, jede Wiese und jedes Waldstück. Aber jenseits eines kleinen Territoriums um sein Dorf herum wurde die Landkarte in seinem Kopf zunehmend gröber, sie bestand nur noch aus Zugstrecken und Hauptstraßen und Ortschaften, dazwischen nahm der Anteil der weißen Flächen immer mehr zu.

Am Ende der Piste verengte sich der Grasstreifen zwischen Fluss und Wald. Keine hundert Meter entfernt standen drei äsende Rehe im hohen Gras. Thomas blieb stehen. Die Rehe hoben die Köpfe und schauten in seine Richtung. Obwohl sie weit entfernt waren, spürte er, dass sie ihn entdeckt hatten. Einen Atemzug lang verharrten sie so, dann rannten sie mit seltsam verlangsamten Bewegungen zum Wald und verschwanden zwischen den Bäumen. Im Wald bin ich sicherer, dachte Thomas, ich muss weg von der Straße. Noch wurde nicht nach ihm gesucht, vermutlich hatte Astrid seine Abwesenheit noch nicht einmal bemerkt, aber er wollte niemandem begegnen, der sich später an ihn erinnern könnte.

Als er in der Nacht weggelaufen war, war er instinktiv in Richtung Westen gegangen. Jetzt überlegte er zum ersten Mal, welchen Weg er einschlagen sollte. Wenn er weiter dem Tal folgte, würde er bald in die Nähe der Stadt kommen, in Gegenden, wo es zu viel Licht gab, zu viele Menschen und kaum Verstecke. Selbst in der Nacht wäre er dort nicht sicher. Er musste nach Süden, ins Hügelgebiet, in die Berge.

Er nahm ein schmales Kiessträßchen, das in den Wald hinein und den Abhang hoch führte. Aber bald machte es einen weiten Bogen zurück zum Dorf. Thomas verließ den Weg und ging quer durch den steil ansteigenden Wald. Der Verkehr von der Landstraße war von hier oben deutlicher zu hören als vom Flugplatz aus, ein stetiges Rauschen. Die Vögel waren stiller geworden.

Auf der Anhöhe endete der Wald, und Thomas sah inmitten von Wiesen und Feldern einige verstreute Bauernhöfe liegen, stattliche Gebäude mit großen Ställen und mächtigen Silos. Etwas weiter entfernt war ein kleines Dorf, das nur aus ein paar Häusern und einer Kirche bestand, dahinter am Horizont eine bewaldete Hügelkette. Thomas ging durch die engen Reihen eines Maisfeldes. Die Halme waren so hoch, dass nur ihre Bewegung ihn hätte verraten können. Dann gab es nur noch offenes Land, Wiesen mit großen Obstbäumen und niedere Kulturen, Weizen und Zuckerrüben. Um nicht aufzufallen, folgte Thomas den Feldwegen. Als er einen Traktor auf sich zukommen sah, blieb er stehen und schaute sich nach einem Versteck um, aber es gab weit und breit keine Deckung. Der Traktor wurde von einem Schuljungen gelenkt, der kaum älter als Ella zu sein schien. Er grüßte mit einem Kopfnicken, und Thomas grüßte so beiläufig wie möglich zurück.

Er schaffte es, das Dorf zu umgehen, und gelangte an eine Wegkreuzung, an der eine kleine Kapelle stand und ein großes Kreuz mit einem vergoldeten Messias. Er entzifferte den Bibelvers auf dem Sockel. O ihr Alle, die ihr am Wege vorbeigeht, gebet Acht u.

schauet, ob ein Schmerz ist gleich meinem Schmerze. Die Kapelle war abgeschlossen, durch die vergitterten Fenster waren ein paar einfache Holzbänke zu sehen und ein kleiner Altar, der mit frischen Blumen geschmückt war. Thomas setzte sich auf die Sandsteinstufen vor dem Eingang. Am Horizont sah er den Hügel, an den sein Dorf gebaut war. Er war viel weniger weit gekommen, als er gehofft hatte. Am sichersten wäre es, sich irgendwo zu verstecken, bis es wieder dunkel würde, aber er hatte Angst, sich in der Dunkelheit zu verlaufen, und er fürchtete sich vor den Hunden, die nachts noch unberechenbarer waren als am Tag. Er orientierte sich an der Sonne. Gerade kürzlich hatte er Konrad den alten Pfadfindertrick beigebracht: Du richtest den Stundenzeiger der Uhr auf die Sonne und auf der Winkelhalbierenden zur Ein-Uhr-Markierung liegt Süden.

Das sanft gewellte Gelände stieg weiter an, und bald gelangte er wieder in bewaldetes Gebiet. Am Waldrand wucherten Himbeerstauden. Thomas aß ein paar Beeren. Ein kühler Wind war aufgekommen, der die Äste anfasste und die Blätter rauschen ließ. Es war ein lichter, gepflegter Buchenbestand, die glatten Stämme standen wie Säulen in einem weiten Raum, dessen grünes Blätterdach in dauernder Bewegung war und Lichtmuster auf den Boden warf. Thomas setzte sich auf einen Stapel Baumstämme, die neben einem Holzweg lagen. Die Frische, die er nach dem

Aufstehen empfunden hatte, war verflogen, jetzt fühlte er sich müde und erschöpft, und es gelang ihm nicht, einen klaren Gedanken zu fassen. Als er Schritte hörte, floh er in ein kleines Tannendickicht, das wie ein Geschwür wirkte im Körper des Waldes. Er kauerte sich nieder und sah wenige Meter von sich entfernt eine Frau auf einem Pferd vorbeitraben. Die Reiterin musste ungefähr in seinem Alter sein, sie saß sehr aufrecht im Sattel und wippte im Takt der Schritte auf und ab. Durch die Baumkronen fielen Lichtflecken auf ihren schlanken Körper. Für einen Moment schien es Thomas, als sei alles gut. Nur er war fehl am Platz hier, störte die Ruhe und Harmonie dieses Bildes. Er drang noch tiefer in das Tannendickicht ein. Als er sicher war, dass man ihn vom Weg aus nicht mehr sehen konnte, legte er sich auf den weichen, von Tannennadeln bedeckten Boden, um sich ein wenig auszuruhen. Er stellte sich Astrid auf dem Pferd vor. Sie war als Mädchen geritten, in ihren alten Fotoalben gab es Bilder davon. Sicher und selbstbewusst wirkte sie darauf, als sei sie genau da, wo sie sein wollte. In diese Sicherheit, diese aufrechte Haltung hatte Thomas sich vor mehr als fünfundzwanzig Jahren verliebt, obwohl oder gerade weil er immer gespürt hatte, dass Astrid sie nur mit Anstrengung aufrechterhielt. Es waren die Momente der Verunsicherung, der Krisen und Streite, aber auch der sexuellen Lust, in denen er ihr nah war wie sonst nie, in denen er seine Liebe zu ihr noch heute so stark empfand wie in den ersten Monaten ihrer Beziehung. Er fragte sich, wie lange sie den Schein aufrechterhalten würde, bevor sie einbrach.

Die Kinder saßen im Wohnzimmer und machten Hausaufgaben. Astrid hatte es nicht ertragen, mit ihnen am Tisch zu sitzen, und war in den oberen Stock gegangen. Sie ordnete die Wäsche, legte die Sachen zusammen und verstaute sie in den Schränken. Sie bügelte Thomas' Hemden. Kurz dachte sie daran, dass es keinen Sinn mehr hatte, und der absurde Gedanke kam ihr, dass sie gerade dabei war, seine Spuren zu verwischen. Ärgerlich schüttelte sie den Kopf. Die Wärme des Dampfes, der Geruch der sauber aufgestapelten Wäsche beruhigten sie. Alles war in Ordnung. Sie konzentrierte sich auf die Arbeit, den Kragen, die Schulterpartie, den Rückenteil, die Ärmel, die Manschetten, hängte die fertigen Hemden auf Kleiderbügeln an einen Ständer. Dort hingen sie wie unbelebte Klone von Thomas. Einmal glaubte Astrid, die Türklingel gehört zu haben. Sie stellte das Bügeleisen auf das Bügelbrett und lauschte, aber es war ganz still im Haus. Sie rief nach den Kindern. Seid ihr fertig mit den Aufgaben? Konrad nervt, rief Ella. Lass Ella in Ruhe, rief Astrid. Sie hörte Konrad die Treppe hochkommen. Er blieb in der Tür stehen.

Hast du deine Aufgaben gemacht? Mir ist langweilig. Spielst du mit mir? Ich muss jetzt kochen, sagte Astrid. Lies doch mal was. Wo ist Papa?, fragte Konrad. Er kommt nicht, sagte Astrid, er ist für ein paar Tage weg. Sie wunderte sich, wie Konrad, wie alle ihre unbeholfenen Lügen schluckten, ohne nachzufragen. Sie schien die Einzige zu sein, die Thomas' Verschwinden wirklich wahrnahm. Anfangs war das eine Art Trost gewesen, aber je länger er weg war, desto mehr erfüllte es sie mit Panik, und sie hatte manchmal für Momente das Gefühl, sie drehe durch, sie habe sich alles nur eingebildet und Thomas habe nie hier gewohnt, habe nie existiert.

Während sie das Essen zubereitete, hörte sie die Abendnachrichten. Alles war wie immer, das Zeitzeichen, die unaufgeregte Stimme des Sprechers, die Krisen hier und da auf der Welt, die Intrigen der Politiker, die Siege und Niederlagen der Sportler. Astrid deckte den Tisch, rief die Kinder, die vor dem Fernseher saßen und erst kamen, als sie eine unbestimmte Drohung ausgestoßen hatte. Jetzt fragte auch Ella endlich nach dem Vater, und Astrid wiederholte die Lüge, die auszusprechen ihr schon leichter fiel, als würde sie durch die Wiederholung wahrer. Sie wurde zu Thomas' Komplizin, und es war ihr, als sei sie dadurch mit ihm verbunden in einer heimlichen Verschwörung. Papa musste für ein paar Tage weg, er ist heute sehr früh gefahren, deshalb hat er sich nicht von euch verabschieden können. Hat er das Auto genommen?, fragte Ella. Astrid schaute sie erstaunt an, dann sagte sie, ich weiß es nicht. Ich glaube nicht.

Nachdem Astrid die Kinder ins Bett gebracht hatte, zog sie einen Pullover und eine Regenjacke an. Sie ging in die Garage. Das Auto war da. Dann setzte sie sich vor das Haus auf die Bank, auf der sie vor nur vierundzwanzig Stunden mit Thomas gesessen hatte. Es regnete nicht mehr, aber es war bestimmt zehn Grad kühler als gestern, und durch die Jeans spürte sie die Feuchtigkeit des Holzes. Sie versuchte, sich zu erinnern, was genau geschehen war. Sie hatten die Zeitung gelesen, sie selbst hatte den Kulturteil durchgeblättert, Thomas den Wirtschaftsteil. Konrad hatte gerufen, und sie war ins Haus gegangen, um ihn zu beruhigen. Er hatte eine jener Fragen gestellt, die nur dazu dienten, das Einschlafen hinauszuzögern. Sie hatte kurz mit ihm geredet und ihm noch einen Gutenachtkuss gegeben. Danach hatte sie angefangen, die Koffer auszupacken. Sie kniete auf dem Boden. Als sie aufstand, wurde ihr schwarz vor Augen, und sie merkte erst, wie schrecklich müde sie war. Sie brachte die Schmutzwäsche in den Keller, ging ins Bad, putzte sich nur schnell die Zähne und zog sich aus. In Unterwäsche ging sie ins Schlafzimmer, nahm ein Nachthemd aus dem Kleiderschrank. Es war, als mache der frische Geruch der Wäsche sie noch müder. Erst als sie im Bett lag, fiel ihr ein, dass sie Thomas nicht gute Nacht gesagt hatte, aber er würde bestimmt bald ins Bett kommen. Das war der letzte Gedanke, an den sie sich erinnern konnte. Sie wusste nicht einmal mehr, ob Thomas überhaupt im Bett gewesen war in der Nacht. Sie hatte die Decke nach dem Aufstehen gleich aufgeschüttelt, wie sie es immer tat. Später hatte sie die Zeitung und die zwei Weingläser vor dem Haus gefunden und sie hineingebracht, den restlichen Wein, in dem einige Fruchtfliegen ertrunken waren, ausgeleert und die Gläser abgewaschen, schnell die Teile der Zeitung durchgeschaut, die sie am Vorabend nicht mehr gelesen hatte, und sie dann mit den übrigen auf den Altpapierstapel gelegt.

Astrid stand auf und ging zum Gartentor und schaute, ohne das Tor zu öffnen, die Straße hinauf und hinunter. Obwohl es noch nicht dunkel war, war niemand zu sehen. In den meisten Häusern wohnten ältere Menschen, die sie nur vom Sehen kannte. Sie dachte daran, Thomas zu suchen, aber sie konnte die Kinder nicht allein lassen, jetzt erst recht nicht. Lange stand sie am Tor, ohne sich für etwas entscheiden zu können, dann ging sie zurück ins Haus. Sie nahm das Telefon in die Hand, zögerte, wählte die Nummer der Polizei, legte das Telefon wieder hin. Was konnten die Polizisten jetzt in der Nacht schon ausrichten? Sie würde gleich morgen früh anrufen. Die Vorstellung, mit jemandem über Thomas' Verschwinden zu sprechen, beruhigte sie, trotzdem lag sie im Bett lange wach.

Thomas fühlte sich wie betäubt, als er aufwachte. Es war erst vier, er hatte gedacht, er hätte länger geschlafen. Das Tannendickicht war ein perfektes Versteck, bestimmt war seit Jahren kein Mensch hier gewesen. Aber es half nichts, sich zu verstecken. Er konnte nicht lange ausharren im Wald, Hunger hatte er noch keinen, aber der Durst quälte ihn. Er stand auf, wischte sich die Tannennadeln von den Kleidern und verließ den Wald.

Die Landschaft wirkte jetzt geräumiger, die Felder und die Waldstücke waren größer, die Bauernhäuser lagen nicht mehr verstreut, sondern bildeten kleine Dörfer. Zum ersten Mal hatte er einen weiten Blick, sah in der Ferne eine Reihe von Hügelketten und dahinter im Dunst schon die Silhouetten der Berge. Am Himmel waren dunkle Wolken aufgezogen, und Thomas beeilte sich, weiterzukommen. Die Wege führten jetzt alle abwärts, und er kam schneller voran. Er wagte nicht, auf der Straße zu gehen, und nahm Feldwege, die ihn im Zickzack und mit vielen Umwegen vorwärtsführten. Er hatte immer noch Angst, entdeckt zu werden, er war kaum fünfzehn Autominuten von zu Hause entfernt, und er hatte einige Kunden in dieser Gegend, die ihn bestimmt angesprochen hätten, wenn er ihnen begegnet wäre. Sie hätten ihren Wagen neben ihm angehalten und gefragt, wohin er unterwegs sei und ob sie ihn mitnehmen könnten. Später würden sie sich daran erinnern, wo sie ihn angetroffen hatten, was er gesagt hatte.

Dann fing es an zu regnen. Der Regen wurde nur langsam stärker, und als Thomas begann, sich nach einem Unterstand umzusehen, war er schon ganz durchnässt. Er hatte keine Jacke, nur den dünnen Wollpullover, den er gestern Abend mit vor das Haus genommen hatte. Die Haare klebten ihm am Kopf, und er fror. Er hatte Angst, sich zu erkälten. Er ging weiter durch die hügelige Landschaft, kam in einen großen Wald. Aber die Bäume boten kaum Schutz vor dem Regen, und er hielt sich nicht lange auf. Als er aus dem Wald trat, sah er unter sich ein etwas größeres Dorf als jene, an denen er bisher vorbeigekommen war. Um die Kirche im Zentrum herum standen alte Fachwerkhäuser, aber am Rand des Dorfes gab es kleine Gewerbebauten und Wohnblocks. Ein Abhang war vollgebaut mit gleichförmigen, sterilen Einfamilienhäusern. Ganz am Rand der Siedlung stand ein großes Gebäude mit Giebeldach, das wie ein Hotel aussah, aber nicht bewohnt zu sein schien. Die Rollläden an allen Fenstern waren heruntergelassen, der Parkplatz hinter dem Haus war leer. Das ganze Grundstück war von einer hohen Hecke umgeben.

Vielleicht, dachte Thomas, konnte er sich dort unterstellen, bis der Regen aufhörte und es dunkel wurde. Jedenfalls wäre es leicht, unbemerkt hinzugelangen und auch wieder zu verschwinden, wenn doch jemand da wäre.

Er ging ein steiles Sträßchen den Abhang hinunter und, als dieses sich dem Dorf zuwandte, über eine frisch gemähte Wiese. Die Hecke hinter dem Haus war verwildert und lückenhaft. Auf dem Asphaltplatz, der das Gebäude umgab, stand ein alter Wohnwagen. Eine Rampe führte hinunter zu zwei Garagentoren, eine schmale Freitreppe hoch zu einem unscheinbaren Hintereingang. Thomas wunderte sich über die massive Metalltür mit Spion, die aussah, als sei sie erst kürzlich eingebaut worden. Aber das Haus strömte eine große Verlassenheit aus, und ohne dass er hätte sagen können, weshalb, war er sicher, dass niemand hier wohnte. Das Dach ragte nicht sehr weit über, aber es bot ein wenig Schutz vor dem Regen, der jetzt gleichmäßig fiel. Thomas setzte sich auf die oberste Stufe und zog die Zigaretten heraus. Das Paket war feucht, die Filter hatten sich mit Wasser vollgesogen, das ihm beim Rauchen in den Mund geriet und bitter schmeckte. Er stand auf und warf die halb gerauchte Zigarette in den Aschenbecher, der neben der Tür angebracht war.

Lange saß er auf der Treppe, ohne sich zu etwas entschließen zu können. Er hörte das Rauschen des

Regens, die Autos von der Hauptstraße vor dem Haus, das Zischen der Reifen auf dem nassen Straßenbelag und den Viertel- und dann den Halbstundenschlag von der Dorfkirche. Er dachte an den Regen in seiner Kindheit, jenen während seines Militärdienstes, jenen in den Sommerferien in den Bergen, und es war ihm, als sei aller Regen eins, ein Zustand außerhalb der Zeit. Er war müde, nur die Kälte und die unbequeme Betontreppe, auf der er saß, hinderten ihn daran, einzunicken.

Ein kleiner Knall direkt über seinem Kopf ließ ihn zusammenzucken. Erschrocken schaute er hoch. Die Tür hatte sich geöffnet und eine Frau in einem kurzen Ledermini und Netzstrümpfen und einem grellgelben, bauchfreien Top stand in der Türöffnung und schien ebenso erschrocken wie er, aber sie fasste sich sofort. Hallo?, sagte sie. Ihre Stimme klang künstlich, als sei sie sofort in eine eingeübte Rolle gefallen. Wen haben wir denn da? Dann zündete sie sich eine Zigarette an und rauchte sie schnell und mit nervös flatternden Händen. Nach einigen Zügen drückte sie die Zigarette im Aschenbecher aus und sagte, willst du nicht mit reinkommen? Drinnen ist es gemütlicher. Ohne nachzudenken, stand Thomas auf und folgte der Frau ins Haus.

Sie führte ihn durch einen rot erleuchteten Flur in einen großen Raum mit Sitzgruppen, einigen Tischen und einer Bar. An der Decke war ein Fernseher angebracht. Auf dem Bildschirm war ein junges Paar zu sehen, das sich über irgendetwas stritt, aber der Ton war so leise gestellt, dass Thomas nicht verstand, worum es ging. An einem der kleinen Tische saßen zwei junge Frauen und strickten, eine trug einen Bademantel, die andere ein Schlauchkleid, das so kurz war, dass darunter ihr Slip zu sehen war. Die zwei schauten nur kurz auf und unterhielten sich dann weiter in einer Sprache, die Thomas nicht verstand und die er nicht einordnen konnte. Seine Begleiterin war hinter die Bar getreten. Willst du etwas trinken? Ein Glas Sekt? Ein Bier? Gibt es Kaffee?, fragte Thomas und setzte sich an die Bar. Klar, sagte die Frau. Sie nahm eine Thermoskanne, goss zwei Tassen voll und stellte sie auf den Tresen. Dann kam sie um die Bar herum und setzte sich auf den Hocker neben Thomas. Ich heiße Amanda, ich komme aus Ungarn, sagte sie. Sie hatte nur einen leichten Akzent. Ich war auf einer Wanderung, sagte Thomas, ich bin vom Regen überrascht worden. Eigentlich öffnen wir erst um sechs, sagte die Frau, aber für dich mache ich eine Ausnahme. Ich wollte mich nur ein wenig ausruhen, sagte er, und warten, bis meine Sachen trocken sind. Als hätte er ein Kommando gegeben, stand Amanda auf, ging zu den anderen zwei Frauen und setzte sich an ihren Tisch. Die Frau im Schlauchkleid kam zu Thomas und setzte sich neben ihn. Sie war blond und hatte ein hübsches, mädchenhaftes Gesicht. Ich bin

Milena, ich komme aus Rumänien, sagte sie, woher kommst du? Ihr Akzent war stärker als jener der anderen Frau. Thomas machte eine vage Handbewegung. Gefällt es dir in der Schweiz?, fragte er. Ich bin erst seit einem Monat hier, sagte Milena, vorher habe ich in einem Club in Interlaken gearbeitet. Interlaken ist schön, sagte Thomas. Zwischen zwei Seen. Sie schwiegen eine Weile. Milena lächelte Thomas zu und blinzelte mit einem Auge. Bist du das erste Mal hier? Soll ich dir die Villa zeigen? Ohne seine Antwort abzuwarten, stand sie auf und führte ihn zurück in den Flur, durch den er gekommen war. Sie öffnete eine Tür zu einem Zimmer, in dessen Mitte eine große Wanne stand. Das ist unser Whirlpool, sagte sie, den kannst du ab einer Stunde genießen mit einem oder mit zwei Girls. Schön, sagte Thomas verlegen. Ich zeige dir mein Zimmer, sagte Milena. Sie ging eine schmale Treppe hoch, er folgte ihr, als hätte er keine Wahl. Eine halbe Stunde kostet hundertfünfzig, eine Stunde dreihundert Franken, anal hundert extra. Wir haben eine Bonuskarte. Wenn du sechsmal eine halbe Stunde buchst, kriegst du gratis einen Quickie. Thomas war noch nie in einem Bordell gewesen und wunderte sich über die Sachlichkeit, mit der sie ihm die Preisliste erklärte. Das Geschäftsmäßige hatte einen eigentümlichen Reiz, trotzdem sagte er noch einmal, er wolle sich nur ein wenig ausruhen. Milena drehte sich um, sie stand zwei Stufen höher als er.

Unter dem dünnen Stoff ihres Kleides zeichneten sich ihre Brustwarzen ab. Sie legte ihm eine Hand auf die Schulter und bewegte die Hüften langsam hin und her. Du bist ja ganz nass, sagte sie und lächelte, du solltest die Sachen ausziehen. Ich kann dich massieren. Ich bin gut. Eine Stunde kostet hundertachtzig Franken ohne Geschlechtsverkehr. Sie nahm Thomas' Hand und zog ihn weiter die Treppe hoch. Hast du Angst vor mir? Ich beiße nicht.

Das Frühstück ohne Thomas war fast schon Routine, aber nachdem die Kinder aus dem Haus waren, ging Astrid ruhelos durch die Räume, nahm Dinge in die Hand und legte sie wieder hin. In den Kinderzimmern räumte sie ein paar Spielsachen weg. Sie setzte sich an Ellas kleinen Schülerschreibtisch und betrachtete gedankenverloren den Krimskrams, der dort herumlag, Mädchenzeitschriften, eine Spielkonsole, Plastikfigürchen, ein paar Münzen, Stifte mit Glitzertinte, die Spuren eines Lebens, das noch kaum Konturen hatte und vielleicht gerade deshalb diese materiellen Versicherungen brauchte. Astrid fragte sich, an welchen Dingen sie selbst sich festhalten konnte. An ihren Kleidern und Schuhen? Den wenigen Schmuckstücken, die sie besaß? An den Alben mit Kindheitsbildern? Irgendwo auf dem Dachboden gab es noch einen Karton mit alten Sachen von ihr, Schulheften und Zeichnungen und Kleinkram, den sie aus Nachlässigkeit behalten hatte. Aber diese Dinge bedeuteten ihr nichts mehr, wenn sie gelegentlich darauf stieß, waren sie ihr weniger vertraut als die Sachen ihrer Kinder. Mehr als einmal war sie nahe daran gewesen, sie wegzuwerfen.

Gestern Nacht hatte Astrid sich entschlossen, zur Polizei zu gehen, jetzt hatte sie Angst, dieser Schritt würde aus Thomas' Verschwinden etwas Endgültiges machen, eine amtlich beglaubigte Tatsache, die für immer Teil ihres Lebens sein würde. Ihr Zögern hatte noch einen anderen Grund, den sie sich kaum eingestehen mochte, obwohl er fast noch stärker wirkte als die Angst. Sie schämte sich. Sie würde gesehen werden, wenn sie auf den Posten ging, und selbst wenn niemand wüsste, weshalb, würde es spätestens herauskommen, wenn in der Zeitung eine Vermisstenanzeige erschien. Verließ in der Nacht seinen Wohnort und wurde seither nicht mehr gesehen. Personen, die Angaben über den Verbleib des Vermissten machen können, werden gebeten, sich mit der Kantonspolizei in Verbindung zu setzen. Dann wüssten alle, dass Thomas weggegangen war, dass er sie und die Kinder verlassen hatte, und die Leute würden sich die Mäuler zerreißen und Spekulationen anstellen. Sie würden sich zugleich von ihr abwenden und sich mit ihren Gedanken, mit ihren unausgesprochenen Fragen in ihr Leben drängen.

Es war schon fast elf, als sie sich endlich aufraffte. Auf der Straße kam es ihr vor, als versage die Schwerkraft, als sei sie ganz leicht und könne bei jedem Schritt abheben. Sie war froh, niemandem aus dem Quartier zu begegnen. Beim Bahnhof standen einige Leute herum, zwei Frauen hatten ihre Einkaufstaschen auf den Boden gestellt und unterhielten sich, auf den Bänken saßen ein paar rauchende Jugendliche, und am Kiosk füllte ein alter Mann einen Lotterieschein aus. Die Gesichter der Menschen kamen ihr seltsam verzerrt vor wie Karikaturen. Astrid gehörte nicht mehr zu dieser alltäglichen Welt, in der sie sich noch gestern ganz selbstverständlich bewegt hatte. Sie trug ein Mal, auch wenn noch niemand davon wusste.

Früher war der Polizeiposten in einer wenig belebten Seitenstraße gewesen, aber vor ein paar Jahren war er in einen Neubau beim Bahnhof verlegt worden, gleich neben einer Bäckerei mit einem Café. Astrid schaute sich ängstlich um, bevor sie eintrat. Am Schalter war niemand. Sie setzte sich auf einen Stuhl und stand gleich wieder auf. An der Wand hing ein Plakat, Tipp 5 gegen Einbrecher: nie Ferien machen. In einem Ständer gab es Informationsbroschüren über Cybermobbing, Ferienreisen ins Ausland, Alarmanlagen und das Waffenrecht. Endlich tauchte eine Frau am Schalter auf, die etwas älter war als Astrid und die eine ruhige Freundlichkeit ausstrahlte.

Astrid sagte, sie wolle eine Vermisstenmeldung machen. Die Schalterbeamtin stellte zwei, drei Fragen und rief dann einen Polizisten. Ruf, sagte der Polizist. Er kam Astrid sehr jung vor, sein Gesicht wirkte weich und etwas formlos, wie das eines Kindes. Es wäre ihr lieber gewesen, mit einem jener rauen alten Kommissare zu sprechen, die sie aus dem Fernsehen kannte, Männer mit von Lebenserfahrung gezeichneten Gesichtern, die nicht mit der Wimper zuckten, wenn man ihnen einen noch so schrecklichen Fall beschrieb. Der Polizist gab ihr die Hand und führte sie durch einen schmalen Flur in ein kleines, gelb gestrichenes Sitzungszimmer. Astrid sagte noch einmal, sie möchte eine Vermisstenmeldung machen. Entschuldigen Sie, sagte der Polizist, ich bin gleich zurück. Der Raum war leer bis auf zwei Stühle und einen Tisch, auf dem ein Computer und ein Drucker standen. Die Wände waren kahl. Durch das Fenster sah man in einen winzigen Innenhof. Die Lamellen des Rollos wirkten wie Gitterstäbe.

Der Polizist kam mit einem Stapel Blätter zurück und setzte sich Astrid gegenüber. Dann erzählen Sie mal. Sie sagte, ihr Mann sei vorletzte Nacht verschwunden, sie habe keine Ahnung, wo er sein könnte. Fast alle Vermissten tauchen innerhalb von ein paar Tagen wieder auf, sagte der Polizist mit ruhiger Stimme, aber wir nehmen auf jeden Fall seine Daten auf für das Fahndungssystem. Er machte ein ernstes, fast ein wenig trauriges Gesicht und schaute auf das Formular, als sehe er es zum ersten Mal. Dann fing er an, mit unkonzentrierter Stimme Fragen zu stellen. Er nahm Astrids und Thomas' Personalien auf und notierte die Zeit und den Ort des Verschwindens. Er fragte nach ihrem Familienstand und nach gemeinsamen Kindern, nach Thomas' Beruf und Anstellung, nach seinem Gesundheitszustand und nach besonderen körperlichen Merkmalen. Hat er eine Tätowierung? Ein Piercing? Nein, sagte Astrid und musste fast lachen bei dem Gedanken. Einen Bart oder einen Schnurrbart? Sie schüttelte den Kopf. Keine besonderen Kennzeichen. Was hat er angehabt? Sie versuchte, sich Thomas vorzustellen, aber es war, als werde das Bild unschärfer, je mehr sie sich darauf konzentrierte. Eine beige Hose, ein Hemd, aber welche Farbe hatte es gehabt? Weiß? Blau? Einen grauen Pullover. Eine Brille? Sie stutzte und musste einen Moment überlegen. Nein, sagte sie dann, Thomas hat nie eine Brille getragen. Mit welchem Fortbewegungsmittel er unterwegs war, konnte sie nicht sagen, nur, dass das Auto und sein Fahrrad noch da waren. Auch was er dabeihatte, wusste sie nicht. Geld? Bestimmt. Der Personalausweis steckt in seiner Geldbörse, die Bank- und die Kreditkarte auch. Einen Schlüsselbund. Vermutlich Zigaretten, ein Feuerzeug, ein Stofftaschentuch. Nein, bestimmt keine Waffe. Es kam ihr vor, als erstarre Thomas, indem sie ihn beschrieb, zu einem unveränderlichen Bild, dem Bild eines Toten.

Der Polizist schaute vom Formular hoch und in Astrids Augen. Er machte eine kurze Pause, als begünne in ihrem Gespräch ein neues Kapitel, dann sagte er, und seine Stimme war plötzlich sehr präsent, ich muss das fragen: Können Sie sich vorstellen, dass Ihr Mann sich etwas angetan hat? Astrid schüttelte den Kopf. Ganz bestimmt nicht. Das würde er nie tun, sagte sie aufgebracht. Hat er Geldprobleme oder sonstige Schwierigkeiten oder Sorgen? Nein. Hatten Sie in den letzten Tagen Streit? Wir sind eben aus den Ferien zurückgekommen, sagte sie, als sei das eine Antwort auf seine Frage. Wir waren in Spanien. Am Meer. Es war schön. Wir hatten keinen Streit, im Gegenteil. Ich habe keine Ahnung, warum er verschwunden ist. Sie schwieg einen Moment, dann fügte sie hinzu, als wundere es sie selbst: Wir haben uns eigentlich nie gestritten. Als hätte er ihre Antwort nicht gehört, fragte der Polizist, ob sie ein Ferienhaus hätten oder eine Ferienwohnung und, als sie verneinte, ob sie ein aktuelles Bild von ihrem Mann dabeihabe. Nicht einmal daran hatte sie gedacht. Ich würde mich gerne bei Ihnen zu Hause umschauen, wenn ich darf, sagte der Polizist. Es kommt immer wieder vor, dass Leute sich irgendwo im Haus verstecken. Dann können Sie mir auch gleich ein Foto mitgeben.

Er musste Astrids Zögern bemerkt haben, als er ihr die Tür des Streifenwagens aufhielt. Wir können auch den anderen Wagen nehmen, der fällt weniger auf. Astrid erklärte ihm den Weg und gab ihm während der Fahrt Anweisungen, obwohl er keine Mühe zu haben schien, das Haus zu finden. Er parkte auf der Straße und stieg aus. Schön haben Sie es hier, sagte er, als Astrid vor ihm den Gartenweg entlang auf das Haus zuging. Ich habe die Ferienfotos noch nicht auf den Computer geladen, sagte sie und ging ins Wohnzimmer. Der Polizist blieb im Flur stehen und fragte, ob er sich inzwischen im Haus umsehen dürfe. Soll ich die Schuhe ausziehen? Nein, sagte Astrid. Sie konnte sich nicht vorstellen, dass ein Polizist in Socken irgendetwas ausrichten könnte.

Sie nahm die Speicherkarte aus ihrer Kamera und lud die Fotos auf den Familienlaptop, den vor allem die Kinder zum Spielen benutzten. Sie schaute die Fotos durch, aber auf fast allen waren nur Ella und Konrad zu sehen. Auf einem Bild sah man Thomas und Konrad von hinten ins Meer rennen, auf einem anderen von einer riesigen Paellapfanne, das Astrid in einem Restaurant gemacht hatte, war der untere Teil von Thomas' Gesicht zu erkennen, ein halbes Lächeln, das etwas Unheimliches hatte. Sie schaute die Fotos von den Skiferien, von Weihnachten, von den Sommerferien im letzten Jahr durch, aber auch darunter war keines, auf dem Thomas klar zu erkennen war. Vielleicht hatte er es ja ganz bewusst vermieden, fotografiert zu werden, Spuren zu hinterlassen in ihrem Leben, Beweise, die sie später gegen ihn verwenden konnte.

Schließlich fand sie unter den Bildern von einem Sonntagsspaziergang eines, das Konrad oder Ella gemacht haben musste. Es war nicht ganz scharf, aber Thomas sah sehr natürlich und lebendig darauf aus. Er lächelte, und es schien, als habe er eben etwas gesagt und warte auf eine Antwort. Sie druckte das Bild auf dem kleinen Fotodrucker aus, den Thomas ihr zu Weihnachten geschenkt hatte, nachdem sie sich beklagt hatte, dass alle Fotos nur noch im Computer steckten und nie angeschaut würden.

Sie hörte den Polizisten die Treppe herunterkommen und ging hinaus in den Flur. Geht es hier in den Keller?, fragte er und zeigte auf die Kellertür. Bleiben Sie nur oben, sagte er, als Astrid sich anschickte, ihn zu begleiten, und plötzlich wurde ihr klar, wonach er suchte. Er glaubte nicht wirklich, dass Thomas sich versteckt, sondern dass er sich umgebracht hatte, im Keller erhängt oder auf dem Dachboden. Sie schauderte bei der Vorstellung und, obwohl sie sicher war, dass Thomas sich nie etwas antun würde, wartete sie mit klopfendem Herzen, bis der Polizist wieder heraufkam und scheinbar erleichtert den Kopf schüttelte. Nichts.

Er wollte keinen Kaffee, nur ein Glas Wasser, das er

dann nicht anrührte. Er musterte das Foto. Am liebsten wäre es mir, wenn Sie mir das Bild elektronisch zukommen lassen, sagte er, und gab ihr eine E-Mail-Adresse, an die sie es schicken konnte. Wird das Foto in der Zeitung erscheinen?, fragte Astrid. Sie schämte sich für die Frage, aber sie musste sie stellen. Nein, sagte der Polizist, Ihr Mann wird nur in unsere Fahndungsdatenbank aufgenommen. Wenn er irgendwo seinen Ausweis zeigt, an einer Grenze oder bei einer Verkehrskontrolle, werden die Kollegen ihn darauf hinweisen, dass er gesucht wird. Wenn er sein Einverständnis gibt, können wir Ihnen dann seinen Aufenthaltsort mitteilen. Ist das alles?, fragte Astrid. Ein erwachsener Mensch hat das Recht unterzutauchen, sagte der Polizist. Wenn es einen Hinweis gäbe auf ein Verbrechen oder eine Selbstgefährdung, dann könnten wir mit dem Hund nach ihm suchen. Aber nach sechsunddreißig Stunden ist das nicht mehr ganz einfach. Und die Kinder?, sagte Astrid, was sage ich den Kindern? Wie gesagt, die meisten Vermissten tauchen nach ein paar Tagen wieder auf, sagte er und erhob sich. Jetzt trank er das Wasser doch, er leerte das Glas in einem Zug. Ruf, sagte er, und reichte Astrid seine Karte, nachdem er ihr die Hand gegeben und sie nur etwas gemurmelt hatte. Sie können sich jederzeit wieder an uns wenden. An Sie?, fragte sie. Wenn ich im Dienst bin, sagte der Polizist. Er nahm ihr die Karte noch einmal aus der Hand und schrieb auf die Rückseite seine Handynummer. Für den Notfall, sagte er.

Nachdem er gegangen war, weinte Astrid zum ersten Mal. Sie saß am Tisch, auf dem immer noch das Bild von Thomas lag, und weinte, erst leise, dann laut. Heftig schüttelte es ihren Körper, nur allmählich ließen die Schluchzer nach, kamen in größeren Abständen. Als sie sich endlich beruhigt hatte, ging sie ins Bad und wusch sich das Gesicht mit kaltem Wasser. Das ausgedruckte Foto von Thomas versteckte sie in einer Schublade.

Thomas saß im dunkelsten Winkel der Bar. Nach und nach hatte sich der Raum gefüllt. Ein halbes Dutzend Männer standen und saßen herum und redeten mit den jungen Frauen oder verschwanden mit ihnen im roten Flur, um eine halbe Stunde später wieder aufzutauchen. Auch ein Paar war da. Die Frau war von einer fast reinen Schönheit, die deplatziert wirkte an diesem Ort. Sie war dunkelhaarig und hatte sehr helle Haut, trug einen kurzen Jeansrock und eine weite, weiße Bluse. Sie stand neben einem Mann, der sie nicht beachtete und mit einer der Prostituierten verhandelte. Thomas konnte den Gesichtsausdruck der Frau nicht deuten, sie wirkte zugleich erschrocken und sehr aufmerksam. Als sie kurz darauf der Prostituierten und dem Mann aus dem

Raum folgte, schaute sie sich um, als sehe sie die Bar zum letzten Mal und wolle sich alles genau einprägen, um sich später daran zu erinnern. Thomas senkte den Kopf und schloss die Augen. Die Musik war laut und so monoton, dass sie bald aus seinem Bewusstsein verschwand. Er holte sich an der Bar noch ein Bier, obwohl er nicht mehr genug Bargeld hatte. Er würde mit der Karte bezahlen müssen. Dabei wusste jedes Kind, dass man keine Bank- und keine Kreditkarte benutzen durfte, wenn man untertauchen wollte. Früher oder später würde Astrid zur Polizei gehen, und bestimmt würde der Polizist sie nach Kontobewegungen nach dem Verschwinden ihres Mannes fragen. Der Gedanke erzeugte ein Gefühl von Geborgenheit in ihm. Er lag neben Astrid im Bett, sie berührten sich nicht, aber er spürte die Wärme und die Schwere ihres Körpers, als seien er und sie zwei Himmelskörper, die, durch die Gravitation verbunden, einander umkreisten, ohne sich jemals näher zu kommen.

Thomas spürte ein Rütteln an der Schulter, und für einen Moment schien es nichts als diese sanfte Bewegung zu geben, die sich wie eine Welle ausbreitete, bis sie seinen ganzen Körper erfasst hatte. Als er die Augen öffnete, stand ein junger Mann vor seinem Tisch. Er hatte krauses schwarzes Haar und im Gesicht ein breites verächtliches Grinsen. Müde?, fragte er. Ein bisschen, sagte Thomas. Er musste geschlafen haben, die Bar war fast leer. Dann geh besser heim, sagte der Mann, und komm wieder, wenn du ausgeschlafen bist. Obwohl die Stimme des Mannes nicht unfreundlich war, klang es wie ein Befehl. Thomas ging zur Bar und bezahlte mit der Karte. Er hatte nur zwei Flaschen Bier getrunken, trotzdem torkelte er ein wenig. Als er sich noch einmal umdrehte, sah er, dass der junge Mann ihn nicht aus den Augen gelassen hatte. Im Vorraum zögerte er kurz, dann nahm er die erstbeste Jacke von der Garderobe, eine dunkelgrüne gewachste Regenjacke, und verließ schnell das Haus. Erst jetzt schaute er auf die Uhr, es war kurz nach eins. Der Regen hatte aufgehört, aber die Straße war noch nass. In den Häusern des Dorfes war kein Licht mehr, nur ein paar Straßenlaternen brannten und verbreiteten ein mattes Licht. Thomas ging an der Hauptstraße entlang und ließ das Dorf bald hinter sich. Nach ein paar hundert Metern hielt er an und durchsuchte die Taschen der Jacke, die er mitgenommen hatte. Er fand ein Feuerzeug und einen Kugelschreiber, eine Tüte mit Kräuterbonbons, ein paar Quittungen und einige Münzen, einen Taschenkalender und ein leeres Brillenetui. Er behielt den Kalender, den Stift, das Kleingeld und das Feuerzeug, die anderen Sachen warf er weg.

Nach ungefähr einer halben Stunde kam er auf eine breitere Straße. Jetzt wusste er, wo er war. Wenn er das kleine Städtchen, an dessen Rand er sich befand, durchquert hatte, würde er in kaum bewohntes Waldland kommen, wo er sicher wäre. Dann und wann fuhr ein Auto die Straße herauf oder hinunter, aber in der Stille hörte Thomas die Motorengeräusche jedes Mal schon lange im voraus und konnte sich hinter einer Hecke oder einem Hauswinkel verstecken.

Er folgte der Straße bis ins Zentrum, wo es eine kleine Fußgängerzone gab. Er ging die Einkaufsstraße entlang, auf der Suche nach etwas Essbarem. Vor einiger Zeit hatte er einen Zeitungsartikel gelesen über Menschen, die sich aus Abfallcontainern von Supermärkten ernährten, aber hier gab es nur Mode- und Schuhgeschäfte, einen Schmuckladen, ein Sportgeschäft, eine Konditorei. Als er endlich einen Supermarkt fand, war die Nische mit der Ausladerampe, wo die Container standen, mit einem Fallgitter gesichert wie der Eingang zu einer Festung.

Die ausgestorbene Stadt hatte etwas Gespenstisches. Es kam Thomas vor, als hätten ihre Bewohner sich aufgemacht wie er und alles stehen- und liegenlassen. Er musste an ein Buch denken, das er als Kind gelesen und nie vergessen hatte. Darin waren fast alle Menschen auf der Erde zu Stein erstarrt, nur eine Gruppe von Kindern hatte überlebt und reiste mit einem Luftschiff um die Erde. Irgendwann trafen sie auf weitere Überlebende, es kam zu Kämpfen auf Leben und Tod. Thomas wusste noch, wie enttäuscht er von diesem Schluss gewesen war. Wenn es nach ihm gegangen wäre, hätte die Reise durch die menschenleere Welt ewig weitergehen können.

Beim Bahnhof gab es einen Automaten, und Thomas holte sich einige Schokoriegel, Kartoffelchips und Süßgetränke heraus, bis sein Kleingeld aufgebraucht war. Er wickelte die Sachen in seinen Pullover und verknotete ihn mit den Ärmeln zu einem Bündel. Neben dem Automaten war ein Schaukasten mit einem Stadtplan und einer Wanderkarte des Gebiets. Er prägte sich den Weg, den er gehen wollte, so gut wie möglich ein.

Die Straße führte durch ein Industriegebiet aus der Stadt hinaus, über Wiesen und Felder und durch zwei kleine Dörfer, die fast zusammengewachsen waren. Die Füße taten Thomas weh, aber er ging weiter. Das Tal verengte sich, und nach einiger Zeit kam er zu einer Ansammlung von Gebäuden, einer psychiatrischen Klinik, die er nur dem Namen nach kannte. Auch hier war es still und dunkel. Mitten zwischen den Gebäuden, bei einem kleinen Pavillon, brannte eine einsame Laterne. Dort war ein Plan der Anlage angebracht, auf dem die Stationen, Werkstätten und Wohnhäuser eingezeichnet waren. Aber die Wege endeten alle am Rand des Plans, als befände sich die Klinik auf einer Insel, die niemand verlassen konnte. Thomas erinnerte sich an den Weg, den er auf der Wanderkarte gesehen hatte, und ging durch die Anlage und den Abhang empor auf einen Wald zu, obwohl das Sträßchen als Sackgasse gekennzeichnet war. Als er an einem mehrstöckigen Gebäude vorbeikam, sah er Licht in einem Fenster im Erdgeschoss. Dort saß eine Frau an einem Computer, vermutlich die Nachtwache. Sie hatte den Kopf gesenkt, vielleicht las sie und bewegte sich durch eine andere Welt. Nachdem Thomas Astrid in der Buchhandlung kennengelernt hatte, hatte sie ihm immer wieder Bücher empfohlen, die er ihr zuliebe gelesen hatte, aber er war nie wirklich zu einem Leser geworden, die künstlichen Welten der Bücher waren für ihn nie lebendig geworden. Überhaupt hatte er, je älter er wurde, immer weniger das Bedürfnis, sich unterhalten oder ablenken zu lassen.

Am Waldrand ging die asphaltierte Straße in einen Waldweg über, der so breit war, dass er selbst in der Dunkelheit leicht zu erkennen war. Es war Thomas, als betrete er einen anderen Raum. Das Rauschen von Wasser war zu hören, es wurde lauter, dann, je höher der Weg anstieg, wieder leiser. Manchmal war ein Knacken zu hören, sonst war es still. Mitten im Wald erkannte er die Umrisse eines massiven Betongebäudes, vermutlich eines Munitionsdepots der Armee. Das Gelände wurde flacher. Thomas war froh, als er aus dem Wald trat, er hatte das Gefühl, einer Gefahr entronnen zu sein. Schon seit einer Weile hatte er Kuhglocken gehört. Jetzt waren sie ganz nah, und er sah die dunklen Silhouetten der Tiere auf der Weide. Das Geläute näherte sich, die Kühe mussten ihn bemerkt haben und kamen in wilden Sprüngen angerannt. Nur vom Elektrozaun getrennt, liefen sie neben ihm her und begleiteten ihn bis zum Ende der Weide. Thomas hatte Angst, der Glockenlärm könnte den Bauern wecken, aber als er am Hof vorbeikam, war auch dort kein Licht. Nicht einmal ein Hund gab Laut.

Das Gehen fiel ihm jetzt leichter, aber die Füße taten ihm immer noch weh. Das Sträßchen führte leicht abwärts zwischen eingezäunten Wiesen hindurch und dann wieder aufwärts auf eine Kuppe zu. Thomas entschied sich, dort ein wenig zu rasten. Das Gras war kurz geschnitten, aber noch nass vom Regen oder schon vom Tau. Er spürte die Feuchtigkeit durch seine Halbschuhe hindurch. An der höchsten Stelle war eine Baumgruppe, dort setzte er sich ins Gras und schaute sich um. Der Himmel war weit, und die Sterne standen dicht. Irgendwo in der Ferne flimmerten Lichter. Erst als Thomas am Horizont die Spitzen der Berge sah, konnte er sich einigermaßen orientieren. Er aß zwei Beutel Chips und einen Schokoriegel. In seinem Mund vermischte sich das Essen zu einem widerlichen Brei. Er spülte alles mit einer Cola hinunter. Die Verpackungen legte er sorgfältig zusammen und steckte sie mit der leeren Flasche in das Bündel mit den restlichen Vorräten.

Im Osten ging der Mond auf, eine schmutzig orangefarbene Scheibe, die sehr nah wirkte. Je höher der Mond stieg, desto kleiner schien er zu werden. Zugleich gewann sein Licht an Kraft, und bald war über der ganzen Landschaft ein milchiger Schimmer. Thomas war zu müde, um weiterzugehen. Er legte sich ins Gras und rollte sich zusammen wie ein kleines Kind. Es war nicht kalt, aber die Feuchtigkeit kroch in seine Kleidung. Er dachte an zu Hause, an Astrid und die schlafenden Kinder, die schon so weit weg zu sein schienen, als wäre er vor Wochen aufgebrochen.

Die Kinder kamen kurz nach vier aus der Schule, erst Ella, etwas später Konrad, der immer trödelte auf dem Nachhauseweg. Ella saß schon am Wohnzimmertisch und machte ihre Aufgaben, als er in die Küche trat und die Mutter stumm umarmte. Astrid mochte diese Momente, in denen er so zutraulich war wie als kleines Kind. Trotzdem machte sie sich los und fragte, ob er Aufgaben habe. Ich habe Hunger. Nimm dir einen Apfel, sagte sie und rief ins Wohnzimmer, Ella, willst du auch einen Apfel? Sie schnitt zwei Äpfel in Schnitze, verteilte sie auf zwei kleine Teller, reichte Konrad einen und brachte Ella den anderen. Sie schaute dem Mädchen über die Schulter und las die ersten Sätze des Textes, den sie in ihr Heft geschrieben hatte. Ein Ferienerlebnis, lautete der Titel, aber Ella schrieb nur über die streunenden Hunde, die sie am Strand gesehen hatten. Einer der Hunde war sehr süß und ganz zutraulich. Ich weiß nicht, was für eine Art er war. Mein Vater sagte, er ist ein Basdard, das sind die besten Hunde, weil sie gemischt sind. Ich wollte ihn gerne mit nach Hause nehmen, aber meine Mutter sagte, man darf keine Hunde mit über die Grenze nehmen.

Eine der vielen Notlügen, mit denen sie die Kinder jeden Tag abspeiste, dachte Astrid. Beim Mittagessen hatte sie behauptet, Thomas esse mit einem Kunden, und die Kinder hatten nicht nachgefragt, als hätten sie nicht bemerkt, dass die Erklärungen ihrer Mutter sich widersprachen. Überhaupt waren sie ungewöhnlich still gewesen, fast eingeschüchtert. Astrid nahm einen Apfelschnitz von Ellas Teller und steckte ihn sich in den Mund. He, sagte Ella, das sind meine. Bastard schreibt man mit einem t, sagte Astrid, nein, in der Mitte, nicht hinten.

Während sie das Abendessen zubereitete, überlegte sie, dass sie die Kinder nicht länger mit fadenscheinigen Erklärungen hinhalten konnte. Aber was sollte sie ihnen sagen? Euer Papa ist verschwunden? Und was sonst? Sie wusste ja selbst nicht, was geschehen war. Es ist ihm bestimmt nichts zugestoßen. Er musste weg, einfach mal weg. Vielleicht war das ja die Erklärung. Er hatte keine Geliebte, hatte kein Geld veruntreut, keine Schulden gemacht, die er nicht zurückzahlen konnte. Er hatte sich nichts angetan, er war einfach weggegangen. Das Bedürfnis war ihr ja selbst nicht fremd. Als Ella noch ganz klein gewesen war und Koliken gehabt und keine Nacht durchgeschlafen hatte, als sie stundenlang geschrien hatte und Astrid müde bis zur völligen Erschöpfung gewesen war, war sie manchmal einfach aus dem Haus gegangen und hatte das Baby allein gelassen, eine halbe Stunde, eine Stunde lang. Sie war zum Bahnhof gegangen und hatte sich auf dem Bahnsteig auf eine Bank gesetzt und tief durchgeatmet. Ein Zug war angekommen, Menschen waren aus- und eingestiegen. Astrid stand auf, ging auf den Zug zu. Die Türen schlossen sich, der Zug fuhr weiter, und Astrid setzte sich wieder hin. Dann stellte sie sich vor, wie sie nach Hause kam, es still war im Haus, gespenstisch still. Schließlich war sie zurückgegangen, und Ella hatte immer noch geschrien, war ganz rot gewesen im Gesicht vor Anstrengung, und Astrid hatte sie aus dem Kinderbettchen genommen und sie im Haus herumgetragen und ihr zärtliche Dinge zugeflüstert, bis sie sich einigermaßen beruhigt hatte. Astrid hatte Thomas nie erzählt von diesen kleinen Fluchten, sie schämte sich dafür. Vielleicht hatte auch Thomas solche Fluchtgedanken, brauchte Zeit, um zu sich zu kommen im Lärm des Alltags. Der Polizist hatte bestimmt recht gehabt, Thomas würde bald zurückkommen und sie würden weiterleben wie bisher, nur etwas verunsichert durch das Wissen, dass dieses Leben nicht selbstverständlich war, dass irgendwann wieder einer von ihnen abhandenkommen könnte für einige Zeit oder für immer.

Die Kinder deckten den Tisch ausnahmsweise, ohne zu murren. Beim Essen waren sie wieder still. Schließlich sagte Astrid, Papa ist weggegangen, ich weiß nicht, wo er ist und wann er zurückkommt, aber es dauert bestimmt nicht mehr lange. Ist er tot?, fragte Ella. Astrid schaute sie erschrocken an. Nein, natürlich nicht, wie kommst du denn darauf? Ella sprang vom Tisch auf und rannte davon. Astrid folgte ihr in den oberen Stock und fand sie zusammengerollt auf ihrem Bett liegen und weinen. Sie legte sich hinter sie und nahm sie in die Arme und sagte, ich bin ganz sicher, dass es Papa gutgeht. Er braucht nach den Ferien nur ein bisschen Zeit für sich. Er kommt bestimmt bald zurück. Bestimmt. Ella gab keine Antwort, aber sie schien sich allmählich zu beruhigen. Nach einer Weile sagte Astrid, ich gehe mal runter und schaue, was Konrad anstellt. Ist es gut? Ella nickte.

Konrad saß immer noch am Tisch, auf seinem Teller lag Brot, das er mit dem Messer in kleine Würfel geschnitten hatte. Warum ist Papa weggegangen?, fragte er. Astrid setzte sich neben ihn und legte ihm eine Hand auf die Schulter. Manchmal will man eben allein sein. Das geht dir doch auch so, nicht wahr? Wenn du dich im Zimmer einschließt. Iss jetzt fertig. Darf ich auf dem Computer spielen?, fragte Konrad.

Der Morgen dämmerte schon, als Thomas erwachte. Der Mond stand hoch, aber er hatte keine Kraft mehr im heller werdenden Himmel. Die Baumgruppe, die Thomas gestern Nacht nur als Silhouette wahrgenommen hatte, bestand aus einigen kranken Bäumen, die Kronen waren kahl, die Stämme von Efeu umwuchert. In der Luft lag ein süßlicher Geruch.

Thomas' Kleidung war klamm, aber er fror nicht. Er befeuchtete seine Hände am nassen Gras und rieb sich den Schlaf aus den Augen. Dann schulterte er sein Bündel und ging weiter nach Süden. Noch war weit und breit kein Mensch zu sehen, und er ging auf Feldwegen, immer darauf bedacht, die Richtung nicht zu verlieren.

Der Weg, den er gewählt hatte, führte an einer Wiese entlang und wurde immer schlechter, bis er an einem Waldrand in einem behelfsmäßigen Wendeplatz endete. Thomas trat in den Wald, der zum größten Teil aus Nadelbäumen bestand. Der süßliche Geruch war noch intensiver hier, es roch, als sei die Luft mit Honig getränkt. Das Gelände fiel steil ab. Ein Stück weit meinte er noch einen Pfad zu erkennen, der im Zickzack in die Schlucht hinunterführte, dann verlor sich auch diese letzte Spur, und Thomas rutschte mehr den Abhang hinab, als dass er ging. Am Grund der Schlucht musste er sich durch Farnkraut und niedriges Gebüsch kämpfen. Spinnweben verklebten ihm Gesicht und Hände. Er erkannte Pflanzen und wunderte sich, dass er sich an die Namen erinnerte, die er als Kind von seinem Vater gelernt hatte, Schachtelhalm, die Einbeere mit ihren blauschwarzen Früchten, der stinkende Storchenschnabel und das Geißblatt mit roten Doppelbeeren, die fast wie Johannisbeeren aussahen, aber giftig waren. Er hörte ein lautes Rauschen und sah weiter unten einen Wasserfall, der einige Meter über einen Nagelfluhfelsen in ein kleines Becken stürzte.

Direkt oberhalb des Wasserfalls gab es eine seichte Stelle, an der Thomas den Bach überqueren konnte. Dort wusch er sich noch einmal Gesicht und Hände und trank etwas Wasser, das er mit den Händen schöpfte.

Die andere Seite der Schlucht war noch steiler. Thomas musste sich an Wurzeln und kleinen Bäumchen hochziehen und rutschte immer wieder aus. Als der Untergrund endlich flacher wurde, war seine Hose verdreckt und er hatte eine Stunde verloren, ohne viel weiterzukommen.

Der Himmel, der vorhin von einer unbestimmten Farbe gewesen war, hatte begonnen, sich blau zu verfärben, ein paar kleine Wolken leuchteten rötlichgelb im schräg einfallenden Licht. Dann erreichten die Sonnenstrahlen die Wälder und Wiesen, und die Landschaft glühte auf. Thomas setzte sich am Rand einer kleinen, ungemähten Wiese, die an drei Seiten von Wald umgeben war, ins Gras und aß seine letzten Vorräte aus dem Bahnhofsautomaten.

Als er aus dem Schutz des Waldes trat, sah er nicht weit entfernt ein Dorf, das aus einem guten Dutzend Bauernhäusern bestand. Kein Mensch war zu sehen, und etwas bang ging er darauf zu und durchquerte es. Das Tor eines der Ställe stand offen. Drinnen war eine Frau dabei, die Kühe an die Melkmaschine anzuschließen. Ein Radio lief, und Thomas hörte die muntere Stimme eines Moderators und die ersten Takte eines Ländlers. Er ging schnell weiter, an einer Käserei vorbei, aus der ein Klappern und das Rauschen von Wasser drangen und dieselbe Musik wie vorhin aus dem Kuhstall. Die schmale Straße führte auf eine Anhöhe, auf der angelangt Thomas in der Ferne den Säntis und die Churfirsten sah, die in der Morgensonne leuchteten. Er schaute zurück auf die perfekte Ordnung des kleinen Dorfes unter ihm. Wie viel Kraft nötig sein musste, diese Ordnung aufrechtzuerhalten, jeden Morgen früh aufzustehen und die immer gleichen Arbeiten zu verrichten, die Kühe zu melken, den Stall zu misten, die Wiesen zu düngen und zu mähen und das Heu einzubringen. Die Arbeit war durch die Mechanisierung in den letzten hundert Jahren leichter geworden, aber es war nicht die Körperkraft, an die er dachte, sondern die Zuversicht, das Vertrauen in die Richtigkeit von allem. Auch er war Teil dieses stillen Übereinkommens gewesen, hatte funktioniert, wie es von ihm erwartet worden war, ohne dass dies jemals ausgesprochen worden wäre. Er hatte neun Jahre lang die Schule besucht, eine Lehre gemacht, hatte den Militärdienst absolviert und danach in seinem Lehrbetrieb weitergearbeitet. Er hatte Astrid geheiratet, sie hatten Kinder bekommen, waren in das Haus seiner Eltern gezogen und hatten es nach und nach eingerichtet. Es hatte viel Kraft gekostet, das alles aufzubauen, und jetzt wohnten sie in diesem Haus, das langsam verfiel, unmerklich nur, aber unaufhaltsam. Ein Gebäude, hatte er irgendwo gelesen, sei erst fertig, wenn es zur Ruine zerfallen sei. Vielleicht galt dasselbe für Menschen.

Jeden Tag ging Thomas ins Büro und trug das Seine bei, machte die Buchhaltungen seiner Kunden, erstellte ihre Abschlüsse und füllte ihre Steuerformulare aus. Manche der Kleingewerbler scheiterten an sich verändernden Märkten, an ihrer eigenen Unfähigkeit oder an fehlendem Unternehmergeist, aber die meisten schafften es durchs Leben ohne größere Katastrophen, erreichten einen gewissen Wohlstand, gingen irgendwann in Rente. Dann saßen sie ihm gegenüber, der Schreiner oder Schlosser oder der Metzger und sein Sohn, der das Geschäft übernehmen sollte. Sie redeten über Geld, über Liegenschaften und Inventare und nötige Investitionen, aber nie darüber, worum es wirklich ging. Weshalb das alles? In der täglichen Anstrengung war keine Zeit, sich solche Fragen zu stellen, vielleicht fürchteten sie sich auch davor oder sie hatten eingesehen, dass diese Fragen nicht zu beantworten waren und deshalb nicht gestellt werden durften. Thomas wusste nicht, ob er sie dafür bewundern oder verachten sollte.

Im nächsten Dorf, das etwas größer war, war schon viel Betrieb, Autos fuhren durch die Straßen, Kinder waren unterwegs zur Schule, und vor dem Lebensmittelgeschäft stand ein Laster, der Waren anlieferte. Thomas umging das Zentrum, so gut es ging. Wanderer waren in dieser Gegend nichts Besonderes, aber er musste aussehen wie ein Landstreicher, er war ungewaschen, seine Kleidung war schmutzig, und er hatte noch nicht einmal einen Rucksack oder Wanderstöcke.

Er kam an einem Obstgarten mit einigen Apfelbäumen vorbei, aber die Äpfel, die im Gras lagen, waren noch nicht reif. Unter einem weiten schwarzen Netz entdeckte er eine Heidelbeerkultur. Das Tor des Zaunes war nicht verschlossen, und er ging hinein und pflückte einige Hände voll von den Beeren, die viel größer und süßer waren als jene, die sie als Kinder in den Bergen gepflückt hatten. Er hörte Motorengeräusche, die sich näherten. Immer noch hungrig, schlich er sich davon.

Neben einem Bauernhaus weideten einige Alpakas, die ihn mit ihren riesigen Augen anstarrten. Ihre Gesichter sahen aus wie die von Comicfiguren. Bitte nicht füttern, stand am Zaun, der die Weide umgab, daneben war ein Blechbehälter mit einer Klappe, auf der Brot für die Tiere stand. Thomas öffnete sie und steckte sich einige Stücke von dem trockenen Brot in die Tasche.

Der Weg führte jetzt ziemlich steil hinunter durch eine Gruppe von Neubauten, merkwürdigen Zwittern aus Bauern- und Einfamilienhäusern. Auf den kurz gemähten Rasenflächen standen Kinderschwimmbecken und Schaukeln und Trampoline. Unten im engen Tal gab es ein geschlossenes Restaurant und eine Sägerei, hinter deren von Spinnweben und Staub verschmutzten Scheiben niemand zu arbeiten schien. Zwischen der Straße und dem Bach waren zersägte Baumstämme zum Trocknen aufgestapelt. Weiter unten, wo sich vor einem kleinen Stauwehr ein schmales Becken gebildet hatte, zog Thomas sich im Schutz der Bretterstapel aus und tauchte ins eiskalte Wasser. Er wusch sich und spülte danach den schlimmsten Schmutz aus seiner Kleidung und hängte sie in die Äste eines Holunderbusches. Dann weichte er das trockene Brot im Bach auf. Es schmeckte wässrig und zerfiel ihm im Mund, aber es füllte den Magen. Nachdem er gegessen hatte, fühlte er sich wohler. Nackt, wie er war, legte er sich in die Sonne und ruhte sich aus.

Obwohl es kühl war, ging Astrid wieder ins Freie, als die Kinder im Bett waren. Sie nahm die Zeitung mit und ein Glas Wein und setzte sich auf die Holzbank. Genau zwei Tage, achtundvierzig Stunden, waren es her, seit sie hier mit Thomas gesessen hatte. Wenn sie die Augen schloss, konnte sie sich vorstellen, er sitze neben ihr. Aus dem Haus war Konrads weinerliche Stimme zu hören. Schaust du nach ihm?, sagte sie. Lass ihn doch, sagte Thomas, der beruhigt sich schon wieder. Bitte, sagte sie mit Nachdruck, und er stand stöhnend auf und ging hinein. Kurz darauf hörte sie, wie er mit Konrad sprach, wie die beiden lachten. Schlaf jetzt, rief Thomas schon von der Treppe aus. Dann ging das Licht im Wohnzimmer an, und Thomas lehnte sich aus dem Fenster. Kommst du auch rein? Gleich, sagte Astrid. Sie hörte, wie er das Fenster schloss, und kurz kam es ihr vor, als sei sie sehr weit von ihm entfernt. Sie stellte sich vor, wie er in den Keller ging, um eine neue Flasche Wein zu holen. Er las kurz im Heizkeller den Stand des Heizöls ab und rechnete im Kopf nach, ob es für den nächsten Winter reichen würde oder ob im Herbst eine Bestellung fällig wäre. Als er aus dem Keller kam, warf er einen Blick auf das Thermometer, das die Außentemperatur anzeigte, fünfzehn Grad, aber in den nächsten Tagen sollte es wieder wärmer werden. Dann hörte Astrid gedämpft den beruhigenden Ton des Fernsehers, Stimmen und Geräusche, Musik. Sie legte die Zeitung beiseite, blieb einen Moment lang still sitzen, als warte sie den richtigen Zeitpunkt ab, stand auf und verließ den Garten. Sie schaute die Straße hinauf und hinunter, als könnte es irgendwo einen Hinweis geben, aber sie sah nichts Außergewöhnliches, nur die nächtliche, von Einfamilienhäusern gesäumte Straße. Sie sah Thomas auf der Straße stehen, so ratlos wie sie, in welche Richtung er sich wenden sollte. Einmal in der Woche spielte er Volleyball und ging danach mit seinen Klubkameraden etwas trinken, sonst war er abends fast immer zu Hause. Früher hatte er sich noch manchmal mit einem Jugendfreund getroffen, aber nachdem der einer Freikirche beigetreten war und über nichts anderes mehr gesprochen hatte, hatte Thomas den Kontakt zu ihm einschlafen lassen. Astrid überlegte kurz, ob sie diesen Freund anrufen solle, aber Thomas hätte sich bestimmt selbst in der größten Seelennot nicht an ihn gewendet. Auch sonst fiel ihr niemand ein, zu dem er hätte gehen können. Er hatte keine engen Freunde, die oberflächlichen Beziehungen zu seinen Arbeitskollegen, seinen Kunden und den Sportkameraden schienen ihm zu genügen. Sie hatten beide nie ein sehr aktives Sozialleben geführt, und seit sie Kinder hatten, gingen sie abends überhaupt kaum noch aus. Astrid hatte Thomas oft ermuntert, seine alten Freundschaften zu pflegen oder wiederzubeleben, aber er schien kein Bedürfnis danach zu haben. Ich habe ja euch, sagte er dann immer. Auch mit seinen Eltern und seiner Schwester hatte er nur wenig Kontakt, obwohl er sich gut mit ihnen verstand. Wenn Astrid ihn nicht an ihre Geburtstage erinnert hätte, hätte er wohl selbst diese vergessen.

Erst jetzt fiel ihr ein, dass heute Thomas' Volleyballabend war. Die Turnhalle, in der sein Team trainierte, gehörte zu einem Schulhaus nur wenige hundert Meter entfernt. Sie ging kurz ins Haus und lauschte auf die Kinder. Als sie nichts hörte, warf sie eine Jacke über und schloss die Tür ganz sacht hinter sich.

Die Turnhalle war zur Hälfte im Boden versenkt. Astrid blieb an einem der großen Fenster stehen und schaute hinunter, wo die Volleyballer beim Training waren wie jeden Dienstag. Der größte Teil der Männer stand in einer Schlange. Sie schienen eine bestimmte Spielsituation zu üben, einer nach dem anderen bekam vom Trainer den Ball zugeworfen, schmetterte ihn in eine bestimmte Ecke des Spielfelds und reihte sich wieder in die Schlange ein. Astrid suchte die Reihe nach Thomas ab, aber natürlich war er nicht da. Von hier draußen war der Knall der Schläge zu hören wie ferner Donner, das schrille Quietschen der Schuhe auf dem Bodenbelag und manchmal ein gepresster Schrei nach einem misslungenen oder einem besonders gekonnten Schlag. Die endlose Wiederholung der immer gleichen Bewegungsabläufe hatte etwas Absurdes, es kam ihr vor, als bestünde die Mannschaft aus lauter Robotern an einem Förderband, die ein substanzloses Produkt herstellten. Astrid konnte sich nicht losreißen, sie schaute zu, bis der Trainer den Ball bei sich behielt, ihn gegen seine Brust drückte, als wolle er ihn nie mehr hergeben, und die Männer sich um ihn herum sammelten, um die nächste Übung zu besprechen. Sie befürchtete plötzlich, dass einer von ihnen sie am Fenster bemerken könnte, und trat einen Schritt zurück in die Dunkelheit.

Sie kannte die meisten Spieler nur flüchtig, hatte sie bei Turnieren kennengelernt oder bei der alljährlichen Grillparty des Vereins vor den Sommerferien. Die Frauen der Spieler hatten Salate gemacht und auf einem der Klapptische aufgereiht. Thomas half am Grill mit, und Astrid saß mit drei Paaren an einem Tisch, die befreundet zu sein schienen und Dorfklatsch austauschten und immer wieder laut lachten. Als sich die anderen zu ihr gesetzt hatten, hatten sie sich kurz vorgestellt und ihr die Hand gedrückt, danach beachteten sie sie kaum noch. Die Kinder kamen dann und wann an den Tisch, um sich eine Handvoll Chips zu holen oder hastig einen Becher Eistee zu trinken. Wenn Astrid fragte, was sie spielten, gaben sie atemlos Auskunft und verschwanden gleich wieder zu den anderen Kindern. Als Thomas sich endlich ihr gegenüber auf die Bank quetschte, über irgendeine Bemerkung lachend, die ihm jemand zugerufen hatte, sagte sie, sie sei müde und wolle nach Hause. Dabei kam sie sich vor wie eine Spielverderberin, aber sie hatte das Gefühl, den Rummel und den Lärm keine Minute länger zu ertragen. Trotzdem gingen sie erst viel später heim, nach Mitternacht, als es schon kühl wurde.

Astrid stellte sich vor, wie die Männer nach dem Training in die Kneipe gingen und irgendwann mehr oder weniger angetrunken nach Hause, wie sie die feuchten Sportsachen im Flur auf den Boden fallen ließen und neben ihre schlafenden Frauen in die Betten krochen.

Sie ging zurück nach Hause. Bevor sie hineinging, zögerte sie kurz, schaute zur Holzbank, wo noch immer die Zeitung lag und das halbleere Weinglas stand. Sie ließ die Sachen draußen, als könne sie die Uhr so zurückdrehen. Drinnen machte sie kein Licht. Sie stellte sich vor, Thomas liege schon im Bett und warte auf sie. Sie schlüpfte zu ihm unter die Decke. Wo warst du denn so lange?, fragte er mit belustigter Stimme, zog sie an sich und küsste sie. Er legte eine Hand auf ihre Brust, ließ sie auf ihren Bauch gleiten, schob sie unter ihr Nachthemd und zwischen ihre Beine. Sie stellte sich vor, er liege auf ihr, sie spürte sein Gewicht und seine kräftigen Bewegungen, hörte seinen Atem, sein Stöhnen. Nachdem sie gekommen war, musste sie weinen. Sie wollte nicht einschlafen, sie fürchtete sich vor dem Erwachen, vor dem nächsten Tag, an dem Thomas noch weiter weg sein würde.

Thomas erwachte gegen Mittag. Der Himmel hatte sich bedeckt, der Wind aufgefrischt. Er fror und fühlte sich in seiner Nacktheit ausgesetzt. Obwohl seine Kleidung noch feucht war, schlüpfte er hinein. Er brauchte einen Moment, um zu sich zu kommen, dann ging er weiter am Bach entlang, bis er zu einem schmalen Tal kam, das direkt nach Süden führte. Er folgte einer asphaltierten Straße, die stetig anstieg, erst durch Wald, dann zwischen steilen Wiesen hinauf. Der Bach floss weiter unten in einer engen Schlucht, sein Rauschen war nur noch schwach zu hören. Wieder roch es nach frisch geschnittenem Gras.

Nach einer Weile weitete sich das Tal zu einem Kessel, die Straße teilte sich, führte an einer Häusergruppe vorbei, und vereinigte sich wieder bei einer allein stehenden Käserei mit einem kleinen Schweinestall. Der Gestank, der aus dem Stall drang, erinnerte Thomas an jenen menschlicher Fäkalien.

Am Waldrand stand ein Wegkreuz, das mit Blumen bepflanzte Beet davor sah aus wie ein frisches Grab. Von einem kleinen Löschweiher flog ein Graureiher mit trägen Flügelschlägen auf.

Die Fassaden der Bauernhöfe waren mit Schindeln verkleidet, manche in Pastellfarben gestrichen. Vor einem der Häuser war ein kleiner Gemüsegarten angelegt, in dem Bohnen, Fenchel, Kohlrabi und Rote Bete wuchsen und Tomaten in einem notdürftig zusammengezimmerten Häuschen aus Dachlatten und Plastikfolie. Die Folie knatterte im böigen Wind, der von Westen den Hang herunterwehte. Ein großer Topf mit einer verblühten Hortensie lag umgekippt auf dem Boden. Neben dem Eingang des Hauses hing Babywäsche zum Trocknen, ein Fenster stand halb offen, aber es war keine Spur von Menschen zu sehen. Das ganze Tal wirkte verlassen, nur einmal sah Thomas eine Frau in groben Arbeitskleidern, die über eine Wiese ging und irgendetwas zu suchen schien. Aber noch bevor er sie erreicht hatte, stieg sie in einen alten Volvo, der an einer Ausweichstelle stand, und fuhr davon.

Der Wanderweg zweigte von der Straße ab und führte nun noch steiler an Nuss- und Apfelbäumen vorbei die rechte Talflanke hoch. Alles wirkte schief in diesem Gelände. Es gab keine Horizontale, an der er sich hätte orientieren können, und er empfand einen leichten Schwindel. Dann erreichte der Weg den Grat und führte von da an durch Weiden, auf denen einige schmutzige Rinder grasten. Überall wuchs Wolfsmilch in dichten Büscheln. Weiter oben, wo das Gras kürzer war, sah er die ersten blassvioletten Herbstzeitlosen. Am Rand der Weide stand ein kleiner Stall. Die Viehstände waren so niedrig, dass Thomas darin nicht hätte aufrecht stehen können, der Boden war voller Mist, es sah aus, als sei seit Tagen nicht sauber gemacht worden. An einer Seitenwand des Stalls war ein luftiger Bretterverschlag, in dem Werkzeug und Zaunmaterial und ein paar Ballen Heu lagen. Hier hätte er sich verstecken können, aber er hatte nichts mehr zu essen und es zog ihn weiter.

Der Wind war auf dem Grat noch heftiger als im Tal. Der Weg schien selten begangen zu werden, an manchen Stellen war er im Gras nur noch als schwache Spur zu erkennen. Überall lagen Kuhfladen, von denen Schwärme großer, rostroter Fliegen aufschwirrten, wenn Thomas sich näherte.

Endlich erreichte er die höchste Stelle. Zum ersten Mal sah er weiter nach Süden auf dunkel bewaldete Hügel. In der Ferne war ein Stück des Sees zu erkennen und dahinter im Dunst weitere Hügelketten. Auf dem Abstieg kam es Thomas vor, als sei etwas von ihm abgefallen, eine Beklemmung, ein Schmerz. Er schritt kräftig aus. Bei einer Forsthütte las er die Wegweiser, die in unterschiedliche Richtungen zeigten. Keiner der Ortsnamen sagte ihm etwas, also ging er quer durch den Wald nach Süden. Das Gelände wurde immer steiler. Thomas rutschte den Hang hinunter durch einen vernachlässigten Jungwuchs von Tannen und Buchen, die sich kaum gegen das dornige Gestrüpp durchzusetzen vermochten. Plötzlich trat er ins Leere, gerade noch hielt er sich an einem der jungen Bäumchen fest. Sein Puls schnellte empor und er spürte einen Schwall Wärme im ganzen Körper. Heftig atmend zog er sich hinauf auf festen Grund. Er ärgerte sich über seine Dummheit. Die Felsen unter ihm waren nicht hoch, aber wenn er sich hier auch nur den Fuß verstauchte, würde es bestimmt Tage oder gar Wochen dauern, bis man ihn fände. Mühsam kletterte er ein Stück weit zurück und querte den Hang bis zu einer weniger steilen Stelle.

Fast am Grund der Schlucht stieß er auf einen Weg, der parallel zur Höhenlinie verlief und von nirgendwoher zu kommen und nirgendwohin zu führen schien. Ein schwarzer Falter flatterte um seinen Kopf, und da Thomas keine Ahnung hatte, wo er sich befand, folgte er ihm. Er dachte an Märchen, in denen Tiere Menschen halfen, wenn diese gut zu ihnen gewesen waren, einen gefangenen Fisch zurück ins Wasser geworfen, einen Frosch geküsst, ein krankes Reh gepflegt hatten. Er selbst hatte Tiere immer als fremd empfunden, undurchschaubar und unheimlich.

Mitten im bewaldeten Abhang, umgeben von niedrigem Gestrüpp, stand eine winzige hölzerne Jagdhütte. An den Außenwänden hingen einige Schädel mit Geweihen. Der rohe Tisch und die Bänke vor der Hütte waren halb zerfallen, Pilze wuchsen auf dem verrotteten Holz. Nur ein Brunnen neben dem Eingang plätscherte ruhig vor sich hin und verlieh dem Ort Geborgenheit. Thomas trank etwas und ging dann weiter bis zum Grund des Tobels. Der Boden wurde lehmig, und ein schwerer Geruch erfüllte die Luft. Der schmale Weg, der dem Bach abwärts folgte, war an einigen Stellen unterspült oder ganz weggeschwemmt, bestimmt war seit Ewigkeiten niemand hier durchgekommen.

Am Ende der Schlucht mündete der Bach in ein kleines Flüsschen mit klarem, grün leuchtendem Wasser. Eine Waldstraße führte am Fluss entlang. An den Schatten der Bäume bestimmte Thomas die Himmelsrichtung und ging flussaufwärts weiter. Nach und nach verengte sich die Schlucht, die hohen Nagelfluhwände links und rechts wirkten mit ihren runden Formen wie Körperteile riesiger fossiler Wesen. In den Felsen waren Spalten und Verwerfungen, ein bemoostes Schild warnte vor Steinschlaggefahr.

Bevor das Tal in einem engen Kessel endete, führte die Straße steil hinauf. Thomas war todmüde. Er hatte, seit er unterwegs war, nur immer stundenweise und schlecht geschlafen und wenig gegessen. Seine Beine waren schwer, kalter Schweiß bedeckte sein Gesicht, und jeder Schritt war eine Anstrengung. Er musste einen Platz finden, um sich auszuruhen, aber der Abhang hier war zu abschüssig. Auf der Anhöhe endete der Wald und gab den Blick frei auf eine liebliche Landschaft, auf grüne Hügel, einige Bauernhöfe und Weiler und, schon viel näher, den See mit zwei kleinen Inseln und das jenseitige, sanft ansteigende Ufer.

Von nun an ging es nur noch abwärts, und Thomas vergaß seine Müdigkeit, aber er knickte beim Gehen immer wieder ein und fing doch an, sich nach einem Schlafplatz umzusehen. Der Weg führte einen mit Schwellen verbauten Bach entlang. Hin und her ging es über unzählige kleine Brücken. Eine Zeitlang wurde Thomas von einer Bachstelze begleitet, die Stufe um Stufe wippend neben ihm her flog, so dicht über dem Wasser, dass sie es manchmal zu streifen schien. Der Bach verlief in einem schmalen Waldstreifen, am Weg gab es immer wieder Sitzbänke und Feuerstellen, aber keiner der Plätze war Thomas verborgen genug. Schließlich schlug er sich an einer fast ebenen Stelle ins Gebüsch. Mit dem Fuß schob er etwas trockenes Laub zusammen, breitete die Jacke darauf aus und legte sich hin.

Normalerweise fiel Astrid das Aufstehen leicht, aber an diesem Tag schlief sie, nachdem sie den Wecker abgestellt hatte, noch einmal ein und erwachte erst wieder, als Konrad sie sacht an der Schulter berührte und flüsterte, Mama, bist du wach? Sie verschob die Dusche auf später und bereitete benommen das Frühstück für sich und die Kinder zu. Nachdem Konrad und Ella aus dem Haus waren, legte sie sich wieder ins Bett, aber sie konnte nicht mehr einschlafen und drehte sich unruhig hin und her, ohne einen klaren Gedanken fassen zu können. Um neun klingelte das Telefon. Habe ich Sie geweckt?, fragte Thomas' Sekretärin. Wie geht es Ihrem Mann? Wissen Sie schon, wann er wieder arbeiten kann? Ich fahre ihn heute Morgen zum Arzt, sagte Astrid, um Zeit zu gewinnen. Ich rufe später an, wenn ich Genaueres weiß.

Als sie ins Dorf ging, um einzukaufen, und am Polizeiposten vorbeikam, wechselte sie die Straßenseite und vermied es, hinüberzublicken. Wieder zu Hause, rief sie bei der Polizei an und verlangte Herrn Ruf. Die Frau am Apparat fragte, worum es gehe. Eine private Angelegenheit, sagte Astrid. Kurz darauf meldete sich der Polizist. Astrid fragte, ob es Neuigkeiten gebe. Sollten wir etwas in Erfahrung bringen, sagte er, werden wir Sie sofort verständigen. Astrid schwieg. Geht es Ihnen gut?, fragte er. Nein, sagte sie und lachte bitter. Er entschuldigte sich. Ich bin den ganzen Tag auf Streife, wenn Sie wollen, kann ich später bei Ihnen vorbeischauen. Ja, sagte Astrid, das wäre schön. Vielleicht … sie brach den Satz ab und schwieg wieder. Dann bis später, sagte der Polizist.

Um zehn rief Astrid in der Firma an und sagte, Thomas habe eine Gürtelrose. Oh, Gott, der Arme, sagte die Sekretärin. Meine Mutter hat das mal gehabt. Wo hat er die denn aufgelesen? Der Arzt meint, es könne von der vielen Sonne kommen in den Ferien, sagte Astrid. Sie hatte die Krankheit auf einem Internetportal gefunden und sich Notizen gemacht. Wissen Sie schon, wie lange er nicht arbeiten kann? Thomas werde mindestens zwei Wochen zu Hause bleiben müssen, sagte Astrid, die Krankheit könne aber auch einen Monat dauern. Sie ist ansteckend, fügte sie noch hinzu. Lassen Sie ihn herzlich grüßen von uns allen und wünschen Sie ihm gute Besserung, sagte die Sekretärin. Das Arztzeugnis können Sie ja bei Gelegenheit vorbeibringen. Astrid versprach es und hängte auf.

Auf dem kleinen Tischchen neben dem Sofa lagen einige Bücher, in denen Thomas kürzlich gelesen hatte, eine Gartenzeitschrift und der Prospekt einer Firma, die Produkte für die biologische Schädlingsbekämpfung anbot. Astrid legte den Katalog und die Zeitschrift auf den Altpapierstapel und ordnete die Bücher im Regal ein. Thomas' Pullover, der auf dem Sofa lag, warf sie in die Wäschetonne im Bad, ebenso seinen Pyjama und ein Paar Socken, das sie neben dem Bett fand. Seine Toilettenartikel, die auf der Ablage unter dem Spiegel standen, verstaute sie im Schrank. Sie ging durchs Haus und sammelte die Kleinigkeiten ein, die er irgendwo hatte liegenlassen, eine halbleere Tüte mit Trockenfrüchten, die er von einem Kunden geschenkt bekommen hatte, einen Schraubenzieher, eine Tube Weißleim, eine Einkaufsliste, einen Werbekugelschreiber. Alles räumte sie weg, die Trockenfrüchte aß sie auf. In ihrem Schlafzimmer stand ein Schreibtisch, an dem Thomas manchmal Büroarbeiten erledigte. Auch dort machte sie Ordnung, stopfte alle losen Papiere in die Schubladen. In einem Plastikmäppchen fand sie Restaurantquittungen von den vergangenen Ferien, den Vertrag für das Ferienhaus und einige Belege von Bargeldabhebungen. Schließlich wischte sie die Tischplatte mit einem feuchten Lappen ab, als wolle sie Thomas' letzte Spuren beseitigen.

Kurz vor Mittag klingelte es an der Tür. Es war Ruf. Als sie ihm voraus ins Wohnzimmer ging, sah sie durch die Gardinen den Streifenwagen neben dem Gartentor stehen. Meine Kollegin wartet draußen, sagte Ruf. Eine Weile lang saßen sie sich schweigend gegenüber. Schließlich fragte Astrid, ob er verheiratet sei. Meine Frau hat im April ihr erstes Kind bekommen, sagte er. Unser erstes Kind. Ein Mädchen. Sie denken, Ihnen könne das nicht passieren, nicht wahr?, sagte Astrid. Er schüttelte nur stumm den Kopf, sie wusste nicht, ob er ihre Unterstellung damit bejahte oder verneinte. Dann gestand sie ihm, dass sie Ella, das ältere ihrer zwei Kinder, manchmal allein gelassen hatte, als sie noch ganz klein war. Das habe ich noch nie jemandem erzählt, nicht einmal meinem Mann. Ich glaube, jeder hat solche Gedanken, sagte Ruf. Aber nicht jeder geht weg, sagte Astrid. Gott sei Dank nicht. Was würden Sie an meiner Stelle tun?, fragte sie. Wie gesagt, die meisten kommen nach wenigen Tagen zurück, sagte Ruf. Sie sollten auf jeden Fall alle seine Freunde anrufen, auch solche aus Jugendtagen. Wenn er seine Bank- oder Kreditkarte benutzt, würden Sie es auf der Abrechnung sehen. Ansonsten können wir nur auf Kommissar Zufall hoffen. Es stehe ihr natürlich frei, einen Privatdetektiv einzuschalten, sagte er, aber das sei teuer und der könne auch nicht viel mehr tun als die Polizei. Es ist nicht einfach, jemanden zu finden, der nicht gefunden werden will. Sie denken bestimmt, ich bin eine schlechte Frau, sagte Astrid, warum hätte er mich sonst verlassen. Tränen liefen ihr über das Gesicht. Ruf zögerte, dann nahm er ihre Hand in seine Hände, wie ein kleines Tier, das er schützen oder am Fliehen hindern wollte. Nein, sagte er, nein, und dann, mit ganz unprofessioneller Empörung in der Stimme, so etwas tut man einfach nicht. Er ließ ihre Hand los und stand auf. Ich muss jetzt weiter, meine

Kollegin wartet. Immer wenn Sie hier sind, muss ich weinen, sagte Astrid.

Nach Mitternacht wachte Thomas auf. Er hatte eine Ahnung, dass ihn ein Geräusch geweckt hatte, aber er konnte sich nicht daran erinnern. Er fühlte sich einigermaßen ausgeruht, nur die Füße taten ihm noch weh.

Er verließ den Wald und ging den Abhang hinunter durch das Dorf, erst durch ein Wohnquartier, dann durch das Zentrum, das von einer breiten Straße durchschnitten wurde. Die meisten Schaufenster waren noch erleuchtet, aber es war kein Mensch zu sehen. Es kam ihm vor, als würde dieses Dorf nur von den Gegenständen in den Auslagen bewohnt, von Haushaltsgeräten und Fahrrädern, Mobiltelefonen und modischen Kleidern, die lebendiger wirkten als die stilisierten Schaufensterpuppen, über deren Körper sie gestreift waren.

Thomas wusste jetzt, wo er war und in welche Richtung er wollte. Weit entfernt von zu Hause war er weniger scheu, er versteckte sich nicht mehr gleich, wenn ein Auto sich näherte, wandte nur, ohne seine Schritte zu verlangsamen, das Gesicht ab und senkte den Kopf.

Gleich neben dem Bahnhof war ein Imbiss. Drinnen war eine ältere, grauhaarige Frau dabei, die

Theke leerzuräumen und zu putzen. Thomas zögerte, dann klopfte er. Die Frau zuckte zusammen. Sie kam zur Glastür, musterte Thomas kurz und schloss auf. Wir haben schon zu, sagte sie. Ich habe Hunger, sagte Thomas, seine Stimme klang brüchig, seit zwei Tagen hatte er mit niemandem gesprochen. Gibt es noch irgendetwas? Die Frau schaute in die Glasvitrine, die in die Theke eingelassen war. Börek habe ich noch, sagte sie. Gut, sagte Thomas, sie brauchen ihn nicht aufzuwärmen. Und ein Bier. Efes?, fragte die Frau. Sie packte Thomas alles in eine weiße Plastiktüte und bedankte sich für das Trinkgeld. Für die Mahlzeit hatte Thomas sein letztes Geld ausgegeben, aber der Gedanke belastete ihn nicht, im Gegenteil, er fühlte sich freier als zuvor.

Der letzte Zug war längst abgefahren. Thomas setzte sich auf eine Bank vor dem Bahnhofsgebäude und aß und trank das eiskalte Bier. Dabei blätterte er durch eine Gratiszeitung, die jemand liegengelassen hatte, aber die kurzen Meldungen über die Rettung von vier gestrandeten Pottwalen, eine nackte Satansstatue, die jemand in Vancouver aufgestellt hatte, und den Mann mit der längsten Zunge der Welt deprimierten ihn nur, und er warf das Blatt in den Müll. Er zog Schuhe und Socken aus und untersuchte seine Füße im grellen Neonlicht. Sie waren gerötet und an den Fesseln etwas aufgeschürft, Blasen fand er zum Glück keine.

Das Dorf zog sich endlos an der Straße entlang. Er kam an einem Fußballplatz vorbei. Gegenüber war eine große Fabrik. Hinter den geschlossenen Rollläden war Licht zu sehen. Das Rauschen einer Lüftungsanlage war zu hören, die Lamellen an der Öffnung des Abluftschachts flatterten leise im Luftstrom, ein Geräusch, das Thomas aus irgendeinem Grund an Amerika erinnerte. Aus dem Wintergarten eines heruntergekommenen Restaurants waren die Stimmen zweier Betrunkener zu hören, die sich über irgendetwas ereiferten. Thomas kam in ein Viertel mit neuen Wohnblocks und einer Bushaltestelle, die noch im Bau war. Das orangefarbene Licht der Straßenlampen ließ das Gras am Straßenrand grau erscheinen, die Kronen der neu gepflanzten jungen Bäume schwarz. Endlich endete der Gehsteig und mit ihm die Reihe der Straßenlampen. Thomas trat in die Dunkelheit. Obwohl der Mond am bedeckten Himmel nicht zu sehen war, war es nicht gänzlich dunkel, die Wolken reflektierten blass das Restlicht der Zivilisation. Die Luft war lau und feucht.

Schon seit einiger Zeit war kein Auto mehr vorbeigefahren, und es war sehr still. Als Thomas über eine Kuppe kam, sah er in der Ferne die Lichter am jenseitigen Seeufer, die eine gerade Linie in die Weite der nächtlichen Landschaft zogen. Darüber waren schemenhaft Berge zu erkennen und auf den höchsten

Erhebungen die roten Lichter der Flugsicherung. Manchmal fuhr ein Laster vorbei oder ein Lieferwagen. Ein einsamer Fußgänger auf der Landstraße fiel nachts bestimmt mehr auf als am Tag, aber Thomas musste den Straßen folgen, im Gelände hätte er sofort die Orientierung verloren. Und tagsüber durch bewohntes Gebiet zu gehen, wagte er nicht.

Einmal meinte er Schritte von einem Tier zu hören, das von hinten rasch auf ihn zutrabte. Erschreckt blieb er stehen und drehte sich um, aber da war nichts mehr zu hören und nichts zu sehen.

Die Straße teilte sich. Aufs Geratewohl wählte er die Abzweigung, die abwärtsführte. Wohl eine Stunde lang ging er geradeaus zwischen Maisfeldern und Wiesen und an einzelnen Höfen vorbei. Er fing an, zum regelmäßigen Takt seiner Schritte mit leiser Stimme Wanderlieder zu singen, die er noch aus der Kindheit kannte. In den Augen das Leuchten der Sterne, des nächtlichen Feuers Glut, und tief in der Seele das Ferne, das Sehnen, das nimmermehr ruht.

Einmal passierte er ein kleines Dorf, das am Hang über der Straße lag und fast nur aus Neubauten zu bestehen schien, uniformen Betonwürfeln, umgeben von Maschendrahtzäunen. An manchen Hauseingängen leuchteten helle Lampen, trotzdem fiel es Thomas schwer, sich vorzustellen, dass hinter den abweisenden Fassaden Menschen wohnten, dass sie in ihren Betten lagen, schliefen und träumten, dass sie mitten in der Nacht erwachten und auf Geräusche aus dem Kinderzimmer lauschten, an den vergangenen oder den kommenden Tag dachten. An einem Garagentor hing ein Schal in den Farben einer Fußballmannschaft, auf dem in Groteskschrift Willkommen in der Hölle stand.

Wieder auf freiem Feld, hörte Thomas ein leises Knistern oder Flattern, wie von Libellenflügeln. Als er sich umsah, bemerkte er erst die Hochspannungsleitung, die über seinem Kopf das Tal durchschnitt. Er ging in der Mitte der Straße, nahm sich vor, die Augen für hundert Schritte geschlossen zu halten, zählte mit, aber schon nach neunzig hielt er die Unsicherheit nicht mehr aus und öffnete sie wieder.

Er wunderte sich, dass er den See nicht längst erreicht hatte. Er musste in die falsche Richtung gegangen sein und entschloss sich, bis zum Morgengrauen zu warten, um sich am Licht der aufgehenden Sonne zu orientieren. Er setzte sich auf die Böschung und schaute in den diffusen Himmel, an dem kaum Sterne zu sehen waren.

Endlich wurde es hell, und Thomas sah, dass er die ganze Zeit parallel zum See nach Westen gegangen war. Er nahm den nächsten Feldweg, der über eine bewaldete Kuppe nach Süden führte. Am Rand einer sumpfigen Lichtung standen alte Eichen, deren verrenkte Äste im Dämmerlicht wie Greifarme von Fabelwesen aussahen. Noch einmal ging es aufwärts, dann wich die Stille des Waldes plötzlich Verkehrslärm, und Thomas stand auf einem Aussichtspunkt mit Kruzifix und Sitzbänken und sah vor sich den See und zu seiner Rechten ein großes Industriegebiet und dahinter eine Stadt. Er hatte den See an seinem Ostende umgehen wollen, jetzt wurde ihm bewusst, dass er viele Kilometer von der geplanten Route abgekommen war.

Der steile Abhang vor ihm war mit Terrassenhäusern bebaut. Er beeilte sich, durch das Wohnquartier zu kommen. Dann ging er über die Ebene an Geschäftshäusern und Wohnblocks vorbei auf den See zu. Dort im Ried könnte er sich tagsüber besser verstecken als im Wald auf dem Hügel. Vor einem heruntergekommenen Mehrfamilienhaus war ein vernachlässigter Gemüsegarten. In einem Beet wuchsen einige Zucchinistauden, unter den von Mehltau weißen Blättern lag wohl ein Dutzend riesiger, schon gelb verfärbter Früchte. Thomas schaute sich um, kletterte über den Zaun und pflückte eine davon. Er verbarg sie unter seiner Jacke und lief weiter in Richtung des Sees.

Am Ufer war ein Campingplatz. Beim Empfangsgebäude waren die Rollläden heruntergelassen. Auf einem Zettel stand eine Handynummer, die man während der angegebenen Öffnungszeiten anrufen könnte. Auf dem Gelände war niemand zu sehen. Die meisten Wohnwagen schienen Dauermietern zu gehören, sie waren aufgebockt, hatten Vorzelte, Satellitenantennen auf den Dächern und kleine, mit Blumen bepflanzte Vorgärten. Thomas hatte sich nach einem Versteck umschauen wollen, aber als er am Rand eines Schilfgürtels ein kleines Ruderboot aus Kunststoff liegen sah, entschloss er sich kurzerhand, auf die andere Seite des Sees zu rudern, die weniger dicht bebaut war.

Der See war an dieser Stelle kaum einen Kilometer breit, aber es war mühsam, mit dem winzigen Boot die Richtung zu halten und vorwärtszukommen. Über dem glatten Wasser lagen vereinzelte Nebelschleier. Schon jetzt, am frühen Morgen, strahlte der See eine Müdigkeit aus, eine Trägheit und Schwere, die Thomas ansteckte. Als er sich umdrehte, um seinen Kurs zu überprüfen, sah er nicht weit entfernt ein Motorboot, eine Fischerin, die ein Netz einholte, das an einer langen Reihe weißer Plastikkanister im Wasser hing. Thomas überlegte, was er sagen würde, wenn die Fischerin ihn zur Rede stellte. Aber sie beachtete ihn nicht, holte mit den immer gleichen Handbewegungen das Netz ein und befreite die zappelnden Fische, während sich ihr Boot leise tuckernd entfernte.

Obwohl das Rudern ihn anstrengte, fröstelte Thomas in der Kälte, die vom Wasser aufstieg. Aber noch bevor er das andere Ufer erreicht hatte, ging die Sonne auf und es wurde wärmer. Er hatte eine bewaldete Stelle angesteuert, erst als er sich ihr näherte, sah er, dass dort die Mündung eines Flusses war. Schon in einiger Entfernung war die Strömung schwach zu spüren, das trübe Wasser des Flusses vermischte sich nur allmählich mit dem klaren des Sees.

Er schaffte es nicht weit den Fluss hinauf, die Strömung war zu stark. An einem Kiesstrand, der von Buschwerk und einigen Bäumen umgeben war, stieg er aus und zog das Boot an Land. Er setzte sich auf einen angeschwemmten, rindenlosen Baumstamm und schnitt mit seinem kleinen Taschenmesser die Zucchini in Stücke und entfernte die Kerne.

Lange konnte er so nicht weitermachen, dachte er, während er die Zucchinistücke langsam kaute. Jetzt, wo die Berge vor ihm lagen, brauchte er eine bessere Ausrüstung, einen Regenschutz und Lebensmittel. Oben gab es keine Snackautomaten und keine Gemüsebeete, keine Abfallcontainer oder Behälter mit altem Brot. Er spielte mit dem Gedanken, sich im nahen Dorf mit dem Nötigsten einzudecken, immerhin war er jetzt schon so weit von zu Hause entfernt, dass ihn bestimmt niemand erkennen würde. Auch seine Kleidung war, seit er sie im Bach gewaschen hatte, sauber genug, um nicht allzu sehr aufzufallen. Er schaute auf die Uhr. Die Geschäfte würden frühestens in zwei Stunden aufmachen. An einer Stelle, wo die Sonne schon hingelangte, streckte er sich aus und schloss die Augen. Die Wärme der Strahlung schien wie eine Substanz in seinen Körper zu fließen und die Leere aufzufüllen, die die Kälte hinterlassen hatte.

Astrid war froh, dass das Polizeiauto verschwunden war, als die Kinder von der Schule kamen. Konrad war fast gleichzeitig mit Ella da. Die beiden waren schweigsam, aber Astrid spürte den Druck ihrer ungestellten Fragen. Sie hatten alle keinen großen Appetit. Wollt ihr ein Eis?, fragte sie, nachdem sie das schmutzige Geschirr abgeräumt hatten. Ella bedankte sich so wortreich für den Nachtisch, dass Astrid fast wieder weinen musste. Kommt mal her, sagte sie. Die Kinder traten zu ihr und sahen sie erwartungsvoll an. Ich weiß nicht, wo Papa ist, sagte sie und legte jedem einen Arm um die Schulter, und ich weiß nicht, warum er weggegangen ist, aber ich bin ganz sicher, dass es ihm gutgeht und dass er bald zurückkommt. Ich habe niemandem davon erzählt, und ich möchte, dass auch ihr es niemandem sagt, ja? Das geht nur uns etwas an. Papa und uns. Die Kinder nickten.

Der Mittwochnachmittag war schulfrei. Astrid fragte die Kinder, ob sie Hausaufgaben hätten. Normalerweise musste sie sie mehrmals ermahnen, bis sie endlich ihre Aufgaben machten, aber diesmal setzten sich beide an den Esszimmertisch und machten still und ohne sich zu zanken, was zu tun war.

Astrid fiel wieder ein, was Herr Ruf gesagt hatte. Ohne große Hoffnung schaltete sie den Computer ein und startete das Onlinebanking.

Was ist los?, fragten die Kinder fast gleichzeitig. Astrid hatte heftig eingeatmet vor Schreck. Tatsächlich, auf dem Kontoauszug waren seit Thomas' Verschwinden drei Buchungen zu sehen, eine vor einem Tag, die zwei anderen vor wenigen Stunden. Sie rief die Details der Belastungen auf, die beiden letzten waren kurz nacheinander in Lachen am Zürichsee gemacht worden, eine an einem Geldautomaten, die andere in einem Sportgeschäft. Einen Moment lang saß Astrid wie gelähmt da, dann sagte sie zu den Kindern, zieht die Schuhe an, wir müssen los. Sie holte das Foto von Thomas, das sie für Herrn Ruf ausgedruckt hatte, aus der Schublade und notierte sich den Namen des Sportgeschäfts und auch die Details der ersten Belastung, die von einer M & K Gastrobetriebe GmbH in Frauenfeld gemacht worden war.

Im Auto erklärte sie den Kindern, dass ihr Vater vor einigen Stunden in einem Geschäft am Zürichsee seine Bankkarte benutzt hatte und dass sie jetzt dorthin fuhren. Viel mehr war dazu nicht zu sagen und nachdem sie eine Weile geschwiegen hatten, schaltete Astrid das Radio ein und gleich wieder aus, weil sie die Musik noch weniger ertrug als die Stille.

In Zürich war der Verkehr dicht, obwohl es noch nicht Feierabend war. Astrid wurde immer nervöser, es war ihr, als komme es auf jede Minute an. Nach eineinhalb Stunden waren sie endlich da, und Astrid parkte den Wagen auf einem großen Kiesplatz in der Nähe des Sees. Ella sprang aus dem Auto, Konrad war eingeschlafen. Behutsam weckte sie ihn. Er streckte sich und maulte ein bisschen herum. Komm endlich, sagte Ella ungeduldig, sonst ist Papa weg.

Sie fragten sich durch zum Sportgeschäft, das in einem großen neuen Einkaufszentrum am Rand des Ortes lag. Von einer zentralen Halle mit hoher Glasdecke gingen ein Supermarkt und einige kleinere Geschäfte ab. Wollt ihr hier warten?, fragte Astrid. Ella und Konrad setzten sich auf eine steinerne Bank in der Nähe des Sportgeschäfts. Bevor Astrid den Laden betrat, schaute sie sich noch einmal nach ihnen um. Ella drückte auf ihrem Nintendo herum, Konrad saß mit hängenden Schultern neben ihr und schaute ihr zu. Für einen Moment wurde Astrid fast überwältigt vor Mitleid mit ihnen. Sie selbst würde mit Thomas' Verschwinden irgendwie umgehen können, auch wenn sie es nicht verstand, aber die Kinder waren ihren Gefühlen ausgeliefert. Schon seit Jahren kam es Astrid vor, als dringe sie nicht mehr zu ihnen durch und begleite sie nur noch wie eine ferne Zuschauerin durch ihr Leben.

Eine Verkäuferin fragte, ob sie helfen könne. Astrid erklärte umständlich ihr Anliegen. Die ganze Zeit hielt sie das Foto von Thomas in der Hand. Die

Verkäuferin zögerte und sagte dann, sie dürfe keine Auskunft geben über die Einkäufe von Kunden. Sie schien sich ihrer Sache nicht sicher zu sein. Astrid fragte sich, ob ihr die Frau überhaupt glaubte oder ob sie dachte, sie hätte es mit einer Verrückten zu tun. Kann ich mit dem Geschäftsführer sprechen?, fragte sie. Ich kann Ihnen sowieso nicht helfen, sagte die Verkäuferin, ich bin erst seit Mittag hier. Warten Sie. Sie verschwand. Astrid schaute sich das Sortiment an, Sportbekleidung, Wander- und Turnschuhe, Campingausrüstung, gefriergetrocknete Fertiggerichte. Sie nahm eine Packung in die Hand und las die Liste der Inhaltsstoffe, als könnten diese ihr etwas über Thomas' Absichten, über seinen Verbleib verraten. Dann sah sie die Verkäuferin auf sich zukommen, an ihrer Seite eine zweite, etwas jüngere Frau. Die beiden unterhielten sich angeregt. Erst kurz bevor sie Astrid erreicht hatten, verstummten sie.

Die jüngere Frau streckte Astrid die Hand entgegen und sagte, Bordoni, ich bin die Geschäftsführerin. Sie musste in Astrids Alter sein, war ziemlich klein und hatte ein hübsches Gesicht und lange, dunkle Haare. Obwohl ihr ihre Mitarbeiterin bestimmt die ganze Geschichte erzählt hatte, ließ sie sich noch einmal alles wiederholen. Astrid nannte den ziemlich hohen Betrag, für den Thomas eingekauft hatte, und die Zeit der Buchung. Die Verkäuferin hatte sich entfernt, um eine Kundin zu bedienen.

Ich darf Ihnen leider keine Auskunft erteilen, sagte die Geschäftsführerin, ich kann Ihre Geschichte ja nicht überprüfen. Astrid warf einen verzweifelten Blick durch das Schaufenster hinaus in die Halle, aber die Bank, auf der sie Ella und Konrad zurückgelassen hatte, war von hier aus nicht zu sehen. Sie verlor alle Kraft, ihr wurde schwindlig und sie hielt sich am nächstbesten Gegenstand fest, einer grünen Daunenjacke, die vom Bügel glitt und zu Boden fiel. Astrid bekam die Kleiderstange zu fassen und blieb vornübergebeugt und heftig atmend stehen. Ist Ihnen nicht gut?, fragte die Geschäftsführerin. Kommen Sie mit. Sie stützte Astrid und führte sie in ein Hinterzimmer hinter der Theke mit den Kassen. Setzen Sie sich, ich hole Ihnen ein Glas Wasser. Die Frau blieb vor Astrid stehen, während sie das Wasser trank. Meine Kinder warten draußen, sagte Astrid, ich muss zu ihnen. Geht es besser?, fragte die Geschäftsführerin. Astrid nickte. Ist das Ihr Mann?, fragte die Geschäftsführerin und zeigte auf das Foto, das Astrid immer noch in der Hand auf ihrem Schoß hielt, zeigen Sie mal her. Sie betrachtete das Bild kurz und gab es zurück. Ich habe ihn heute Morgen bedient, aber viel kann ich Ihnen nicht sagen. Für einen kurzen Moment hatte Astrid den absurden Gedanken, die Frau sei auf Thomas' Seite, sie sei seine heimliche Geliebte und Komplizin und die zwei spielten ihr einen bösen Streich.

Jennifer, sagte die Frau, und gab Astrid die Hand. Ihr Mann sei kurz nach Ladenöffnung gekommen, sie hätte ihn gefragt, ob er Hilfe bräuchte, aber er hätte abgelehnt und gesagt, er wollte sich nur umschauen. Ich hatte dann einen anderen Kunden, sagte sie. Ich habe schon gedacht, er ist wieder gegangen, als er zur Kasse kam mit einem ganzen Stapel Sachen. Was hat er gekauft?, fragte Astrid. Um es Ihnen genau sagen zu können, müsste ich in der Kasse nachschauen, aber einigermaßen kriege ich es wohl auch so zusammen. Ein Paar Wanderschuhe, eine Trekkinghose, einen Regenschutz, einen Rucksack. Sie dachte kurz nach. Eine Taschenlampe, glaube ich, nein, eine Stirnlampe. Und Strümpfe, die sind im Angebot. Ich glaube, das war alles. Nein, ein Taschenmesser hat er auch gekauft, ich musste die Vitrine aufschließen. Eines dieser neuen aus der Pionier-Serie mit schwarz eloxierter Schale. Hat er nichts gesagt?, fragte Astrid. Was er vorhat? Wohin er gehen will? Ich habe eine Bemerkung gemacht über das Wetter, sagte die Geschäftsführerin, dass es gegen Abend regnen soll. Aber er hat nicht viel gesagt, glaube ich. Ich kann mich nicht erinnern, ich habe jeden Tag so viele Kunden. Wie war er?, fragte Astrid. Wie hat er ausgesehen? Freundlich. Etwas müde hat er auf mich gewirkt und unrasiert war er. Und sein Hemd war zerknittert. Sonst ist mir nichts aufgefallen. Ein ganz normaler Kunde.

Astrid lief mit den Kindern durch den Ort. Sie gingen in jedes Restaurant und schauten sich um, fragten in den wenigen Hotels nach Thomas, aber es war keine Spur von ihm zu finden. Beim Bahnhof hing eine Karte mit Wanderwegen, ein dichtes Netz grüner Linien, die in alle Richtungen führten, Straßen und Wege, Zug- und Buslinien. Fast zehn Stunden war es her, seit Thomas seine Einkäufe gemacht hatte, inzwischen konnte er überall sein. Hätte sie die Kinder nicht dabeigehabt, vielleicht wäre Astrid selbst losgegangen, um Thomas zu suchen. Leichter Regen hatte eingesetzt, wie die Geschäftsführerin es vorausgesagt hatte. Die Kinder klagten, sie seien müde, sie hätten Hunger. Habt ihr Lust auf Pizza?, fragte Astrid. Die Kinder jubelten, als hätten sie schon vergessen, weshalb sie hier waren.

Thomas hatte das beunruhigende Gefühl, dies alles sei für ihn inszeniert worden, die Menschen des Dorfes seien Schauspieler, die nur darauf gewartet hätten, dass er auftauchte, um in ihre Rollen zu fallen, ihren Text zu sprechen. Es war eine künstliche Welt, eine Modellbaulandschaft unter einem weiten blauen Himmel. Die Sonne schien, die Häuser glänzten im Morgenlicht. Eine Rentnerin und ein Rentner, beide mit Hund, standen am Wegrand und unterhielten sich über das Wetter, eine Frau, die mit dem Fahrrad vorbeifuhr, rief ihnen einen Gruß zu, Schüler übten auf dem Sportplatz Weitsprung, auf dem Spielplatz des Kindergartens tollten die kleineren Kinder herum. Thomas ging durch das Dorf, zugleich Schauspieler und Zuschauer dieses Stücks. Autos fuhren im Schritttempo vorüber, eine Verkäuferin reinigte das Schaufenster eines Lederwarengeschäfts, zwei Handwerker scherzten mit ihr. Eine junge Frau beugte sich über einen Kinderwagen und sprach beruhigend auf ihr Baby ein. Die Gesten und Worte der Leute schienen übertrieben wie die von Laiendarstellern in einem Dorftheater.

Thomas fragte einen jungen Mann in Anzug und mit Aktenkoffer nach einem Sportgeschäft und ließ sich den Weg erklären. Das Einkaufszentrum lag an der Hauptstraße in der Nähe des Bahnhofs. Es schien erst vor kurzem eröffnet worden zu sein, einige Geschäfte waren noch Baustellen, was Thomas' Gefühl, sich durch Kulissen zu bewegen, nur verstärkte.

Nach Tagen im Freien fühlte sich selbst die hohe Halle eng an, aber Thomas genoss die zuverlässige Wärme der Räume, das blasse Neonlicht und die einfachen künstlichen Gerüche der Schuhe und Textilien. Es war eine endliche Welt, die zu begreifen war, eine Welt ohne Überraschungen und ohne Gefahren. Eine junge Verkäuferin sprach ihn an. Er sagte, er schaue sich nur ein wenig um. Während er die Dinge zusammensuchte, die er brauchte, sah er sie immer wieder. Sie räumte Regale ein, gab einer zweiten Verkäuferin Anweisungen, bediente einen Kunden, der unendlich lange brauchte, bis er sich für ein Paar Turnschuhe entschieden hatte. Die Verkäuferin strahlte eine geschäftige Fröhlichkeit aus, die perfekt an diesen unwirklichen Ort passte. Beim Bezahlen fragte sie mit routiniertem Interesse, ob er eine Wanderung plane. In die Berge, sagte Thomas, und nach kurzem Nachdenken, als müsse er sich selbst versichern, noch einmal, in die Berge. Aber die Verkäuferin war damit beschäftigt die Diebstahlsicherungen aus seinen Einkäufen zu entfernen, und schien nicht zuzuhören. Er betrachtete ihre Hände, die älter aussahen als ihr dezent geschminktes Gesicht, die Fingernägel waren sorgfältig manikürt und lackiert, einen Ring trug sie nicht. Diese Hände versöhnten ihn mit ihr. Er war fast sicher, dass sie keinen Mann hatte, keinen Freund, eine Katze allerhöchstens. Er stellte sich vor, wie sie nach Arbeitsschluss nach Hause ging in ihre kleine Wohnung in einem der mächtigen Wohnblocks, die er am Rand des Ortes gesehen hatte. Bestimmt war die Wohnung ebenso aufgeräumt wie dieses Geschäft, wie das Dorf, wie die ganze Gegend. Sie duschte, bereitete sich einen Salat zu, ließ, während sie aß, das Radio laufen. Was sie wohl sagen würde, wenn er sie fragte, ob sie heute Abend etwas vorhabe? Er stellte sich vor, wie er bei ihr Unterschlupf fand. Er saß, während sie duschte, in der Küche und lauschte auf die Geräusche aus dem Bad. Sie kam herein in einem Kimono, ein Handtuch um die Haare geschlungen, nahm Lebensmittel aus dem Kühlschrank, bereitete sich ihr Abendessen zu. Er saß da, schaute ihr stumm beim Essen zu. Er saß neben ihr vor dem Fernseher, und später, wenn sie ins Bett ging, legte er sich wie selbstverständlich mit unter ihre Decke. Während sie am nächsten Tag bei der Arbeit war, wartete er in der Wohnung auf den Abend. Bis er eines Tages weiterziehen würde, nun auch zeitlich weit entfernt von zu Hause. Bar oder Karte, fragte die Verkäuferin. Karte, sagte Thomas.

Er hob an einem Geldautomaten tausend Franken ab. Im Supermarkt neben dem Sportgeschäft kaufte er eine große Flasche Wasser und so viele Lebensmittel, wie in den Rucksack passten, dauerhafte und kalorienreiche Produkte, Kekse und Schokolade, Salami, Hartkäse, in Scheiben geschnittenes Roggenbrot, Trockenfrüchte und Nüsse und – nachdem er kurz gezögert hatte – eine kleine Flasche billigen Schnaps. Dann zog er sich in der öffentlichen Toilette des Einkaufszentrums um. Die alten Sachen warf er in den Mülleimer.

Thomas war froh, als er aus dem Dorf heraus war. Am liebsten wäre er wieder nachts gewandert, aber er hatte keinen Ort gefunden, an dem er den Tag unbeobachtet hätte verbringen können. Immerhin sah er jetzt aus wie ein richtiger Wanderer, mit angemessener Kleidung, schweren Schuhen und Rucksack. Aber die neue Ausrüstung beschwerte ihn auch, und er kam langsamer voran als bisher. Er folgte den gelben Wanderwegweisern unter der Autobahn hindurch und dann über die Ebene zur nächsten Ortschaft, einem Bauerndorf, an dessen Rändern zwischen Kuhweiden und Scheunen Dutzende Neubauten standen. Die Häuschen sahen aus, als seien sie vom Himmel gefallen, eine feindliche Invasion aus urbaneren Gebieten. Vor sich sah er den etwas erhöhten Talausgang und weit hinten Felszacken, aber der Wanderweg folgte einem Sträßchen, das sich seitlich des Tals den Berghang hochwand. Je höher Thomas emporstieg, desto weiter öffnete sich unter ihm die dicht besiedelte Ebene. Umgeben von Hügelzügen wirkte sie wie eine riesige Arena. In der Ferne war der See zu sehen und jenseits noch mehr Dörfer, Wälder und Hügel, die Autobahn und die Eisenbahnlinie. Wieder musste er an eine Modellbaulandschaft denken, eine Topographie aus Pappmaché, mit künstlichem Grün bestreut und bestückt mit Häuschen und Bäumen aus dem Katalog.

Erst hoch oben führte der Weg in das Tal hinein und der westlichen Flanke entlang nach Süden. In der Landschaft verstreut standen Bauernhöfe. Aus einem Waldstück unterhalb des Sträßchens stieg eine Rauchsäule auf. Auf der gegenüberliegenden Seite führten mannshohe Druckrohre zum Wasserkraftwerk in der Ebene. Der Weg ging nun leicht abwärts, während das Tal langsam anstieg. Nach ein paar Kilometern leichten Gehens erreichte Thomas den Talgrund. Hier wurde die Landschaft weiter, und der Wald an den Hängen wich grünen Wiesen, auf denen Schafe und Kühe weideten. Ein langgezogenes Dorf folgte mit einer Selbstbedienungstankstelle und einem geschlossenen Lebensmittelladen. Beim oberen Dorfausgang war ein Campingplatz, der vollgestellt war mit alten Wohnwagen. Es schien, als seien sie seit Jahren nicht bewegt worden. Manche hatten improvisierte Dächer aus gewelltem Kunststoff und Plastikplanen. Vor einem der Wagen saßen ein alter Mann und ein kleines Mädchen, regungslos, als stünden sie unter einem Bann.

Bald darauf verengte sich das Tal zu einer bewaldeten Schlucht. Der schmale Weg führte am Bachbett entlang, in dem riesige Felsbrocken lagen, aber das kein Wasser führte. Eine Tafel warnte vor überraschenden Flutwellen, die auch bei schönem Wetter auftreten könnten. Dann sah Thomas durch die Baumwipfel hindurch die Krone der Staumauer. Ein schmaler Pfad führte seitlich den Abhang hoch und dann im Zickzack durch eine Felswand. An einigen Stellen waren Drahtseile zur Sicherung angebracht.

Als Thomas aus dem Wald trat, war es ihm, als sei er in einer anderen Welt angekommen. Er stand am Ende der Staumauer, vor ihm breitete sich der künstliche See aus, gesäumt von Wäldern und Weiden. Auf der anderen Seite des Sees lag ein kleines Dorf. Die schroffen grauen Felszacken am Horizont schienen nun schon ganz nah. Dort hatten sich Zirruswolken gebildet, aber über Thomas war der Himmel noch blau. Er ging ein Stück am Seeufer entlang, dann setzte er sich ins Gras, um etwas zu essen und sich auszuruhen. Aus der Ferne waren Kuhglocken zu hören. Thomas legte sich hin und fiel bald in eine Art Halbschlaf, in dem Zeiten und Orte verschwammen zu einem glücklichen Gefühl der Allgegenwärtigkeit.

Kaum war Astrid losgefahren, schliefen die Kinder ein, obwohl es erst kurz vor neun war. Sie war froh, nicht reden zu müssen. Schon während des Abendessens hatte keiner viel gesagt. Die Kinder hatten sich eine Pizza geteilt, danach hatte Astrid ihnen ein Eis spendiert, als sei es ein Feiertag. Sie selbst hatte nicht einmal den Salat fertig gegessen, den sie sich bestellt hatte.

Sie hatte die Route über den Seedamm und das Oberland gewählt, um nicht wieder durch die Stadt fahren zu müssen. Es fiel immer noch ein leichter Sprühregen, die nasse Straße spiegelte die Scheinwerfer der entgegenkommenden Autos. Das Fahren in der Dunkelheit strengte Astrid an. Sie hatte nicht gut geschlafen in den letzten Nächten und hatte

Angst, die Augen könnten ihr zufallen. Sie wollte wütend sein auf Thomas, der schuld war an dem allem, aber sie schaffte es nicht. Stattdessen sorgte sie sich auch noch um ihn. Sie setzte sich sehr gerade auf ihrem Sitz, sang leise vor sich hin, aber die Müdigkeit war wie ein Gift, das sich langsam in ihrem Körper ausbreitete und ihn immer mehr gegen außen verschloss.

An der Raststätte kurz vor Winterthur hielt sie an und parkte den Wagen neben dem kleinen Tankstellenshop. Sie holte sich drinnen einen Kaffee und blieb unter dem Vordach stehen, von wo aus sie die Kinder im Auto sehen konnte. Das Zischen der vorbeifahrenden Autos, die Reflexionen der Lichter auf den nassen Flächen, der Geruch von Benzin erinnerten sie an lange Nachtfahrten an Sonntagabenden nach Besuchen bei ihren Eltern und beruhigten sie ein wenig. Der Kaffee war so heiß, dass sie ihn nur langsam trinken konnte. Erst jetzt dachte sie daran, die Polizei anzurufen, um von der neuen Spur zu berichten. Sie zog die Karte von Herrn Ruf aus der Tasche und schaute auf die Uhr. Es war zehn. Nach kurzem Zögern wählte sie die Handynummer, die er hinten auf die Karte geschrieben hatte. Es klingelte ein halbes Dutzend Mal, bis er endlich abnahm. Störe ich?, fragte sie. Kein Problem, sagte er. Ich gehe normalerweise erst spät ins Bett. Im Hintergrund war das Schreien eines Babys zu hören. In letzter Zeit sowieso, sagte er und lachte trocken. Ich war gerade beim Wickeln … Astrid wollte das nicht hören. Sie fiel ihm ins Wort und erzählte von den drei Belastungen auf ihrem Konto und dass sie im Sportgeschäft gewesen sei. Das klingt doch schon mal gut, sagte Herr Ruf. Wo sind Sie jetzt? An der Raststätte vor Winterthur, sagte Astrid. Wir fahren zurück nach Hause. Der Polizist zögerte. Wir könnten einen Mantrailer auf ihn ansetzen. Einen was? Einen Suchhund, sagte er. Fahren Sie heim und rufen Sie mich von dort noch einmal an. Bis dann sollte ich mehr wissen.

Astrid war wieder ganz wach. Thomas schien ihr auf einmal sehr nah zu sein, zugleich fürchtete sie sich vor dem Moment, wo er ihr gegenüberstehen und seine Beweggründe nennen, sich erklären würde. Es war, als sei ihre Beziehung durch seine Flucht in jenem Moment eingefroren, an dem sie vor drei Tagen ins Haus gegangen war, um nach Konrad zu schauen. Solange Thomas verschwunden blieb, würde sich nichts verändern. Erst durch seine Rückkehr würde die Zeit wieder zu laufen beginnen. Dann konnte alles geschehen.

Sie parkte den Wagen vor dem Haus und weckte die Kinder. Es dauerte lange, bis sie endlich die Zähne geputzt hatten und im Bett waren. Kurz vor elf rief sie Herrn Ruf wieder an. Er sagte, er werde bei ihr vorbeikommen, in einer Viertelstunde sei er da.

Astrid wartete vor der Haustür auf ihn, damit sein

Klingeln die Kinder nicht weckte. Sie hatte schon Kaffee gemacht, und als sie dem Polizisten am Wohnzimmertisch gegenübersaß, verspürte sie eine Art Befriedigung darüber, dass er mitten in der Nacht seine Frau und sein Baby verlassen hatte, um ihr zu helfen. Hier ging es um Wichtigeres. Er sagte, er habe mit den Kollegen im Kanton Schwyz telefoniert, die hätten einen Suchhund, aber der sei im Hauptort stationiert. Jetzt habe ich einen unserer Hundeführer aufgeboten, das geht schneller. Wir fahren morgen früh los. Die Spur ist ja noch frisch. Wenn das Gelände schwierig wird, bin ich lieber nicht in der Nacht unterwegs.

Sie haben doch gestern gesagt, sie könnten nichts tun, sagte Astrid. Dass Thomas das Recht hat unterzutauchen. Das Recht hat er, sagte Herr Ruf, aber wir haben auch das Recht, nach ihm zu suchen. Immerhin ist er jetzt schon seit drei Tagen und drei Nächten verschwunden. Er sagte, jeder Vermisstenfall sei anders, es gebe kein Standardvorgehen, nur das Bauchgefühl. Und was sagt Ihnen Ihr Bauchgefühl?, fragte Astrid. Ich fürchte, das wird mein Chef mich morgen auch fragen, sagte Herr Ruf. Aber das soll nicht Ihre Sorge sein. Hauptsache, wir finden Ihren Mann. Haben Sie ein Kleidungsstück von ihm? Am besten Unterwäsche, etwas, das nur er berührt hat. Ich habe alle seine Sachen gewaschen, sagte Astrid. Ich weiß selbst nicht, weshalb. Sie legte den Kopf in die aufgestützten

Hände und fing an zu weinen. Der Polizist kam um den Tisch herum, legte ihr eine Hand auf die Schulter und sagte mit ruhiger Stimme: Kommen Sie, wir werden schon etwas finden, eine Jacke, einen Pullover, irgendetwas.

Nachdem Astrid sich beruhigt hatte, ging sie voraus ins Schlafzimmer und öffnete den Kleiderschrank. Ratlos schaute sie hinein. Der Pullover da?, fragte Herr Ruf. Den hat er seit Ewigkeiten nicht angehabt. Sie betrachtete ratlos die gewaschenen Sachen, die gebügelten Hemden, die sorgfältig zusammengelegten T-Shirts, die er in den Ferien getragen hatte. Schließlich fielen ihr Thomas' Volleyballsachen ein. In der Sporttasche, die auf der Kellertreppe stand, fanden sie eine Trainingshose. Nicht anfassen, sagte Herr Ruf und sicherte das Kleidungsstück.

Sie setzten sich noch einmal ins Wohnzimmer und tranken eine zweite Tasse Kaffee. Irgendwann sagte Astrid, ich glaube, ich brauche jetzt einen Cognac. Ich nehme an, Sie dürfen nichts trinken im Dienst? Das sagen die Kommissare doch immer im Fernsehen. Der Polizist winkte ab, er sei ja nicht wirklich im Dienst und ein Kommissar sei er schon gar nicht. Als sie anstießen, sagte er, ich heiße Patrick. Sie redeten noch eine Weile. Er fing wieder an, von seinem Baby zu erzählen. Astrids ganzes Wissen über die Polizei stammte aus Fernsehkrimis. Dort lebten die Polizisten immer in zerrütteten Beziehungen oder getrennt von ihren Frauen, was ihr angemessener erschien als Patricks kleines Familienglück. Er wollte keinen zweiten Cognac. Sie schenkte sich selbst noch einmal ein und kam sich dabei viel erfahrener und reifer vor als er. Selbst seine Empörung über Thomas' Verschwinden schien ihr jetzt naiv, und sie zweifelte daran, dass er irgendetwas erreichen würde in einem Fall, den er noch nicht einmal im Ansatz begriff. Dann war sie wieder milder gestimmt und musste sich eingestehen, dass ja auch sie nicht verstand, was geschehen war. Irgendwann wird das Baby durchschlafen, sagte sie und stand auf, die einen lernen es schneller, die anderen brauchen länger.

Was war eigentlich die erste Belastung auf dem Konto?, fragte Patrick schon im Flur. Eine M & K Gastrobetriebe GmbH in Frauenfeld, sagte Astrid, vielleicht ein Restaurant? Und wie hoch war der Betrag? Zwanzig Franken, sagte sie. Einen Moment, sagte er, ich mache nur schnell einen Anruf. Er ging nach draußen und schloss die Tür hinter sich. Astrid blieb im Flur stehen. Sie schaute auf die Uhr, es war nach Mitternacht. Nach einigen Minuten kam Patrick zurück. Er wirkte müde, als habe ihn im Freien alle Energie verlassen. Es tut mir leid, sagte er, aber mir ist der Name der Firma gleich bekannt vorgekommen. Die Polizei hat leider immer mal wieder mit diesen Leuten zu tun. Die Belastung muss im Galaxy gemacht worden sein, einer Kontaktbar in

Braunau bei Wil. Astrid schaute ihn verständnislos an. Ein Bordell, sagte er. Sie wandte sich ab und lief ins Wohnzimmer. Sie wollte nur noch allein sein, niemanden sehen und von niemandem gesehen werden. Aber Patrick war ihr gefolgt. Wieder legte er ihr die Hand auf die Schulter. Sie machte eine unwillige Bewegung, und er zog die Hand zurück. Verzeih. Es ist ja bloß ein kleiner Betrag. Vermutlich hat er dort nur ein Bier getrunken. Astrid schwieg. Dass Patrick sie duzte, machte die Sache nur noch schlimmer. Dann gehe ich jetzt, sagte er. Morgen wird ein langer Tag. Ich halte dich auf dem Laufenden.

Astrid hörte, wie er die Haustür hinter sich schloss. Sie schenkte Patricks Glas noch einmal voll. Als sie es austrank, war es ihr, als berührten ihre Lippen seine. Dann trug sie das Kaffeegeschirr und die Cognacgläser in die Küche. Sie fragte sich, ob Thomas auch früher schon in dieses Bordell gegangen war, ob er sie die ganze Zeit hintergangen hatte. Er hatte Kunden in jener Gegend, die er manchmal besuchte, tagsüber zwar, aber solche Lokale waren bestimmt nicht nur am Abend geöffnet. Sie klappte den Laptop auf und googelte das Lokal. Auf dem Bildschirm erschien die Fotografie einer barbusigen Frau und unter dem Namen der Bar eine blinkende Schrift, der geilste Club der Ostschweiz. Heiße, private Girls, Getränke zu Barpreisen. Montag bis Sonntag, 18 bis 5 Uhr.

Sie manövrierte durch die Seiten, fand Bilder der Räumlichkeiten und eine Galerie der Prostituierten. Diese Girls sind heute Abend für dich im Einsatz: Milena, Brigitta, Amanda, Lora, Tina, Maria. Darunter waren Bilder junger Frauen in Reizwäsche oder ganz nackt. Manche hatten sich die Haare übers Gesicht fallen lassen, bei anderen verdeckten gelbe Sterne das Gesicht und die Scham. Klickte man auf eines der Bilder, öffnete sich eine neue Seite mit einer kurzen Beschreibung der Frau und mit noch mehr Bildern. Naturgeil, sexsüchtig, tabulos. Dieses heißblütige Girl braucht Sex wie die Luft zum Atmen! Sie verwöhnt dich mit einer Lust & Hingabe, die du selten wieder erleben wirst! Angewidert schloss Astrid den Browser und klappte den Laptop zu.

Sie konnte lange nicht einschlafen. Immer wieder sah sie die Bilder der anonymen Frauen mit ihren austauschbaren Namen vor sich, die der Kamera ihren Hintern zuwandten, die einen hohlen Rücken machten, damit ihre Brüste größer und straffer erschienen. Astrid sah sich in ihrem Nachthemd in der Mitte des Nachtclubs stehen, an den Wänden Paare und kleine Gruppen nackter Männer und Frauen mit maskierten Gesichtern. Nach und nach verstummten die Gespräche, und die Gäste wandten sich ihr zu. Sie ahnte, dass diese Menschen sie kannten, dass sie sie durchschauten. Sie kamen näher und näher, der Kreis schloss sich. Astrid versuchte zu entkommen, aber sie wurde nicht durchgelassen, sie spürte Hände, die sie zurückstießen, die an ihrem Nachthemd, an ihrer Unterwäsche zerrten, Arme, die sich um sie legten, sie festhielten. Dann sah sie durch das Getümmel hindurch Thomas an der Wand stehen. Er hatte seinen Arm um die Hüften einer nackten Frau gelegt und lächelte amüsiert. Er bewegte den Mund, aber sie konnte im Lärm nicht hören, was er sagte. Plötzlich war sie hellwach. Im Zimmer war es dunkel. Sie tastete nach dem Wecker. Es war vier Uhr früh. Sie stand auf, warf den Bademantel über und ging hinaus in den Garten. Erst hier konnte sie wieder frei atmen.

Die Sonne stand über der anderen Talseite, und die Wolken waren näher gekommen, sonst war alles wie vorhin. Thomas musste an die Doppelbilder aus seiner Kindheit denken, auf denen zehn Unterschiede zu finden waren. Eine Kuh war nicht mehr da, eine der vielen Blumen auf der Wiese hatte ihre Blütenblätter verloren, die Amsel saß nicht mehr im Apfelbaum, das Schweizerkreuz war aus der Fahne verschwunden. Auf dem See war jetzt in einiger Entfernung ein Fischerboot zu sehen, aber der Fischer musste sich auf der abgewandten Seite des Boots befinden oder in der Kajüte.

Die Straße schlängelte sich am See entlang. Da und

dort saß ein Angler am Ufer, so bewegungslos und still, als gehörte er zur Landschaft. Sonst war niemand zu sehen. Über allem war eine festliche Stimmung. Die Sonne blendete Thomas. Dann machte die Straße eine Biegung, und er ging durch die blauen Schatten eines Erlenwäldchens. Die Stämme der Bäume waren schorfig und von Moos bedeckt, sie schienen nicht recht zum leuchtendgrünen Laub zu passen. Auf den Wiesen sah er wieder Herbstzeitlosen, die kraftloser wirkten als die Blumen im Frühling, verzagt, als spürten sie schon die kürzer werdenden Tage.

Am Ende des Sees war ein Bojenfeld mit einigen kleinen Motorbooten, am Ufer gab es ein paar Ferienhäuser mit heruntergelassenen Jalousien und ein Restaurant. Heute geöffnet, stand auf einem Schild mit einer Getränkereklame, die Glastür war weit offen, aber die Sonnenterrasse war leer.

Die Kiesstraße wand sich jetzt durch den Wald das steil ansteigende Tal hinauf. Links und rechts des Weges lagen immer wieder riesige bemooste Felsklötze. Thomas hatte Seitenstechen, das nicht nachlassen wollte, obwohl er immer wieder anhielt, um Atem zu holen. Die Straße endete bei einer halb verfallenen Alp, die offenbar schon lange nicht mehr bewirtschaftet wurde. Obwohl es noch früh war, entschloss er sich, hier zu übernachten. Er kannte die Gegend nicht und fürchtete, in der Höhe würde es zu kalt werden in der Nacht.

Über dem ehemaligen Kuhstall war ein Heuboden, auf dem er sich einen Schlafplatz einrichtete. Er verteilte einen kleinen Rest staubiges Heu auf dem Bretterboden und breitete den dunkelgrünen Regenschutz darüber. Dann leerte er seinen Rucksack und legte all seine Habe auf den dünnen Kunstfaserstoff. Er kam sich vor wie als Kind, wenn er am Abend seines Geburtstags seine Geschenke betrachtet hatte, befriedigt, aber immer auch ein wenig enttäuscht, selbst wenn all seine Wünsche erfüllt worden waren. Es war die Ratlosigkeit des Besitzenden, der merkt, dass kein Gegenstand seine Wünsche befriedigen, sie ersetzen kann. Er nahm das Taschenmesser in die Hand, öffnete und schloss alle Klingen und Werkzeuge und befestigte die Kette, die er sich dazu gekauft hatte, an der Öse. Dann zog er den Kalender aus der Tasche, den er in der Jacke aus dem Nachtclub gefunden hatte. Er blätterte durch die Seiten und las die Einträge, Namen und Zeiten, hier ein Friseur-, da ein Arzttermin. Der Name einer Frau tauchte immer wieder auf, Brigitta. Thomas kannte niemanden, der so hieß, trotzdem klang der Name vertraut. Er stellte sich diese Brigitta etwas älter vor, nicht besonders hübsch, aber ernsthaft und warmherzig. Er fragte sich, welche Beziehung sie mit dem Besitzer des Taschenkalenders verband, ob sie ahnte, dass er in einem Bordell verkehrte, und was sie dazu sagen würde. Er dachte an Milena, die Rumänin, die so ganz anders gewesen war, als er sich eine Prostituierte vorgestellt hatte.

Thomas verscheuchte die Gedanken. Er las die Kalorienangaben auf den Verpackungen der Esswaren, die er gekauft hatte, und notierte sie auf einer leeren Seite des Kalenders und zählte sie zusammen. Wenn er wenig aß, würden die Lebensmittel für zwei Wochen reichen, allerdings wäre die Diät sehr einseitig. Er hätte etwas frisches Obst kaufen sollen oder wenigstens Vitamintabletten. Während er noch rechnete, fing es an zu regnen. Er hörte das gleichmäßige Rauschen und spürte die Kühle, die der Regen brachte. An einigen Stellen tropfte es durch das alte Schieferdach. Er wagte nicht, ein Feuer zu machen, aß nur eine Kleinigkeit aus dem Rucksack. Dann musste er noch einmal kurz ins Freie, um die Wasserflasche am Bach aufzufüllen. Frierend und nass kam er zurück auf den Heuboden. Er trank einen kleinen Schluck aus der Schnapsflasche und legte sich hin. Das Geräusch des Regens beruhigte ihn, der Geruch von altem Heu und von Gras und von nassem Stein. Er dachte an Astrid und die Kinder, es waren keine konkreten Erinnerungen oder Gedanken, nicht einmal Bilder, nur ein diffuses Gefühl ihrer Verbundenheit, das ihn wärmte.

Es war das vierte Frühstück ohne Thomas. Die Kinder schienen sich schon an die neue Situation gewöhnt zu haben, sie stellten keine Fragen und waren auch nicht mehr so eingeschüchtert wie an den vergangenen Tagen. Sie stritten sich sogar wieder, was Astrid als ein gutes Zeichen nahm. Auch ihr ging es besser, nicht aus Gewöhnung, aber weil sie wusste, dass die Polizei sich heute auf die Suche nach Thomas machen würde und dass die Chancen gut standen, ihn zu finden. Der Regen sei nicht wirklich ein Problem, hatte Patrick gestern Nacht gesagt, der Hund könnte eine Spur trotzdem verfolgen, vor allem, wenn sie so frisch sei. Sie hatte ihm ihre Handynummer gegeben und ihn gebeten, sie auf dem Laufenden zu halten.

Den ganzen Morgen über kamen immer mal wieder Kurznachrichten von Patrick. Sind unterwegs, Hund hat die Spur aufgenommen, Kleider gefunden. Sind im Wägital. Um sich abzulenken, beschäftigte sich Astrid damit, aus den schönsten Ferienbildern ein Fotobuch zusammenzustellen, wie sie es schon in den vergangenen Jahren gemacht hatte. Die Software des Labors bot verschiedene Gestaltungsvorlagen an, und Astrid probierte einige aus, aber die vorgetäuschte Individualität machte die Bilder nur umso austauschbarer. Schließlich wählte sie einen neutralen weißen Hintergrund und ordnete die Fotos an, wie sie es früher in den Alben getan hatte, in die man die Bilder noch von Hand eingeklebt hatte. Thomas und sie hatten sich die Kamera geteilt, und auf manchen Fotos, die er gemacht hatte, war sie zu sehen, manchmal mit den Kindern, manchmal allein. Sie hingegen hatte nur immer die Kinder fotografiert, die Landschaft, die Sehenswürdigkeiten von Barcelona, die sie während eines Ausflugs besucht hatten. Damit Thomas wenigstens einmal in dem Album zu sehen war, fügte sie das Foto hinzu, das sie auch der Polizei geschickt hatte, obwohl es offensichtlich nicht zu den anderen passte und wie ein Fremdkörper wirkte zwischen den Ferienbildern.

Die letzte SMS von Patrick aus dem Wägital war kurz vor elf gekommen. Danach hatte er sich lange nicht mehr gemeldet. Astrid hatte gekocht, die Kinder waren nach Hause gekommen, sie hatten gegessen, und Ella und Konrad waren wieder zur Schule gegangen. Langsam wurde Astrid unruhig, sie überlegte schon, ob sie Patrick anrufen solle, als ihr Handy gegen zwei endlich klingelte. Patrick sagte, sie hätten die Spur das Wägital hinauf zur Staumauer und dem See entlang verfolgt, mehr als zwanzig Kilometer weit seien sie gegangen. Jetzt seien sie bei einer verlassenen Alp oberhalb des Sees, wo Thomas vermutlich übernachtet habe. Aber der Hund sei erschöpft, sie könnten nicht weitergehen. Zwanzig Kilometer seien selbst für ein trainiertes Tier eine enorme Leistung. Gibt es keinen anderen Hund?, fragte Astrid. Kann er sich nicht ausruhen und dann weitermachen? Es war kurz still, dann sagte Patrick, sein Chef hätte gesagt, sie hätten jetzt genug in diesen Fall investiert. Es gäbe ja keine Anhaltspunkte, dass der Vermisste sich in irgendeiner Gefahr befinde. Im Gegenteil. Astrid schwieg, und nach einer weiteren Pause sagte Patrick, es gibt nicht allzu viele Wege von hier aus. Er kann rüber ins Klöntal, aber dann müsste er ein gutes Stück zurück, was er bestimmt nicht will. Am wahrscheinlichsten ist, dass er über den Pragelpass nach Muotathal gewandert ist. Wenn er heute Morgen früh los ist, könnte er schon da sein. Er sagte, er habe die Schwyzer Kollegen noch einmal auf die Fahndung aufmerksam gemacht, mehr könne er im Moment nicht tun. Und jetzt?, fragte Astrid endlich. Wir kommen zurück, sagte Patrick mit verzagter Stimme. Astrid drückte das Gespräch weg, ohne sich zu bedanken oder zu verabschieden.

Sie ließ das Handy auf dem Esszimmertisch liegen, ging ins Schlafzimmer und legte sich aufs Bett. Es war, als entfalte das Gespräch, das sie eben geführt hatte, nur ganz allmählich seine Wirkung, wie ein Medikament, das erst vom Blut aufgenommen und im Körper verteilt werden muss. Nachdem sie vielleicht eine Viertelstunde reglos dagelegen hatte, fing sie endlich an zu weinen, heftig und unkontrolliert. Selbst als sie die Haustür hörte und das trockene Hallo von Ella, konnte sie nicht aufhören. Mama, wo bist du?, rief Ella. Kurz darauf kam sie ins Schlafzimmer. Astrid drehte sich von ihr weg auf den Bauch und verbarg, immer noch weinend, ihr Gesicht im Kissen.

Sie musste eingeschlafen sein. Als sie erwachte, stand Ella in der Schlafzimmertür, neben ihr der Polizist und dahinter Konrad. Die Kinder sprachen leise mit ihr, Mama, bist du wach? Was ist los? Wie geht es dir? Ella berührte sie. Konrad legte sich zu ihr ins Bett und schmiegte sich an sie. Sein kleiner, warmer Körper. Aber Astrid ertrug die Berührung nicht, sie drehte sich nur wieder weg und sagte kein Wort. Kommt, Kinder, hörte sie Patrick leise sagen, und später hörte sie Schritte im Haus und aus dem Wohnzimmer Patricks beruhigende Stimme und die Stimmen der Kinder. Als es im Zimmer schon dämmrig wurde, stand sie auf. An der angelehnten Tür des Schlafzimmers blieb sie lauschend stehen, ohne Licht zu machen. Eine Kindheitserinnerung an Krankheitstage zwischen Schlafen und Wachen. Der Fernseher lief, die überdrehten Stimmen von Trickfilmfiguren waren zu hören. Sie schlich sich ins Bad und wusch sich das Gesicht mit kaltem Wasser. Dann legte sie sich wieder hin.

Es klingelte an der Tür. Im Zimmer war es jetzt fast ganz dunkel, nur von der Straßenbeleuchtung drang ein wenig Licht herein. Astrid hörte aus dem Flur die muntere Stimme von Manuela und das Jubeln der

Kinder, denen sie bei jedem ihrer seltenen Besuche nutzlose Geschenke mitbrachte. Dass Patrick ausgerechnet Thomas' Schwester hatte anrufen müssen, mit der Astrid sich noch nie verstanden hatte. Aber vermutlich war ihr Name der einzige gewesen, der den Kindern eingefallen war. Wer konnte auf sie aufpassen, wer sich um die Mutter kümmern? Hatte sie keine Freundinnen? Keine nahen Verwandten? Jemand, der in der Gegend wohnte?

Es klopfte an der Schlafzimmertür. Patrick kam herein und blieb mit betretenem Gesicht neben Astrids Bett stehen. Ich muss jetzt los, sagte er, aber deine Schwägerin ist gekommen. Sie hat gesagt, sie könne hier übernachten und sich um dich und die Kinder kümmern, bis es dir wieder bessergeht. Er sagte, es tue ihm leid, dass sie Thomas heute nicht gefunden hätten. Astrid schüttelte den Kopf und bedankte sich für seine Hilfe. Sag ihr nicht, dass ich wach bin, bat sie ihn flüsternd. Ich habe ihr nur das Nötigste erzählt, sagte er. Er blieb noch einen Moment stehen, dann ging er.

Später hörte Astrid die Stimmen von Manuela und den Kindern. Sie schienen sich Mühe zu geben, leise zu sein. Astrid hörte Schritte auf der Treppe, die Toilettenspülung, ein leise gesungenes Kinderlied, Lachen und Flüstern und dann wieder Schritte auf der Treppe. Sie schloss die Augen. Kurz darauf spürte sie, wie die Tür auf- und gleich wieder zuging, es geschah vollkommen lautlos, aber sie nahm die Veränderung des Raumes wahr, der sich erweiterte und wieder schloss.

Zum ersten Mal, seit Thomas losgezogen war, erwachte er ausgeruht und voller Tatendrang. Der Regen hatte aufgehört, aber die Sonne war noch nicht hinter den hohen Bergflanken hervorgekommen, und die Luft war feucht und kalt. Im Morgenlicht wirkten die klaren grünen und grauen Flächen der Landschaft wie auf einem Gemälde. Nach einem kurzen Frühstück aus Brot und einigen Trockenfrüchten packte er seine Sachen zusammen und brach auf. Der Weg war noch steiler als am Vortag, und Thomas fiel bald in den langsamen Pendelschritt, den er sich in den Bergen angewöhnt hatte und den er stundenlang durchhalten konnte. Der Wald endete und die Flora wurde karger. Die Wiesen waren voller Disteln, am Wegrand wuchsen Teufelskrallen und Herbstenziane und in Felsritzen kleine Farne. Die ganze Zeit war das Rauschen des Baches zu hören, aber als der Weg um einen großen Fels bog, wurde es plötzlich ganz still. Thomas hörte nur noch das Scharren seiner Schuhe auf dem Geröll und seinen Atem, der sich dem Takt der Schritte angeglichen hatte. Er fühlte sich gegenwärtig wie sonst nie, es war ihm, als habe er keine Vergangenheit und keine Zukunft. Es gab nur diesen

Tag, diesen Weg, auf dem er sich langsam den Berg hinauf bewegte. Einmal pfiff ein Murmeltier, und Thomas blieb stehen und schaute sich angespannt um wie ein Jäger auf der Pirsch, aber das Tier war nirgends zu sehen.

Auf der Passhöhe angekommen, setzte er sich auf einen Fels und zog Schuhe und Socken aus, um sich die Füße zu massieren. Er hatte während des Aufstiegs geschwitzt, jetzt fror er im kalten Wind und zog die Jacke über, die er sich um den Bauch gebunden hatte. Er aß Brot und Trockenfleisch und etwas Schokolade.

Vor ihm fiel das Gelände ab und bildete ein weites Tal, das erst südwärts führte und sich dann nach Westen wandte. Dahinter war eine Art riesiger Felsdom, ein flacher Rücken, der zwischen den Schneebergen so unproportioniert wirkte und so karg, als stammte er aus einer anderen Welt. Im Sonnenlicht, das durch die Wolken fiel, glänzte die Formation silbern, fast weiß, was den Eindruck noch verstärkte, dass sie dem Himmel näher sei als der Erde. Thomas wurde von einer seltsamen Erregung erfasst und machte sich schon bald wieder auf.

Er musste ziemlich weit absteigen und verlor viel Höhe. Überall im lehmigen Boden hatten weidende Kühe tiefe Löcher hinterlassen, die sich mit Wasser gefüllt hatten, ein Gewirr vermeintlicher Wege, die nirgendwohin führten. Zu Thomas' Rechten wurde das Tal von einem langen Felsband begrenzt, die Wiesen unter der Wand waren von Geröll übersät, und dann und wann war das trockene Klackern eines fallenden Steins zu hören.

Thomas hatte die Alp schon von weitem gesehen. Auf den Weiden um die Hütte und den Stall grasten Ziegen, einige Pferde und zwei Esel. Als er näher kam, bemerkte er eine alte Frau, die auf einer kleinen Kuppe auf einer Holzbank saß und mit einem Feldstecher zur silbernen Formation hinüberschaute. Er hatte Angst, sie zu erschrecken, und grüßte schon aus einiger Entfernung, aber sie reagierte ganz gelassen, als habe sie ihn längst entdeckt und erwartet. Sie legte den Feldstecher neben sich auf die Bank und grüßte mit freundlicher Stimme zurück. Er fragte sie nach dem Felsdom. Unsere Hochalp ist dort drüben, sagte sie. Wächst da überhaupt Gras?, fragte Thomas. Die alte Frau nickte. Hinter den Felsen. Aber es gibt viele Spalten und Löcher im Karst. Sie schauten jetzt beide hinüber zu den grauen Felsen. Fast jedes Jahr stürzt eine Kuh oder ein Schaf zu Tode, sagte die Frau. Diesen Sommer haben wir Glück gehabt, es gab noch keinen Unfall. Und so Gott will, bleibt es dabei. Sie sagte, morgen zögen ihre Leute von der Alp ab. Eigentlich hätten sie noch eine Woche länger bleiben wollen, aber es sei Schnee angekündigt. Sie redeten über den nassen Sommer und darüber, dass die Wetterfrösche aus der Gegend einen kalten Winter vorausgesagt hätten. Der Inhalt des Gesprächs schien nebensächlich, es ging nur darum, das Schweigen zu brechen in dieser einsamen Landschaft. Schließlich verabschiedete sich Thomas. Die alte Frau bedankte sich, er wusste nicht, wofür, und nahm den Feldstecher wieder zur Hand.

Bald tauchte unter Thomas eine schmale Passstraße auf, die sich den Berg hochwand. Die Fahrbahn war nur einspurig, aber alle paar Minuten kam ein Sportwagen heraufgebraust, manchmal auch ganze Gruppen von Autos. Das Heulen der hochtourigen Motoren zerriss die Stille, der Lärm kam und ging, wenn die Autos um eine Biegung fuhren und hinter der nächsten wieder verschwanden.

Auf der Passhöhe stand eine kleine Kapelle und davor ein hoher Fahnenmast mit einer Schweizerfahne. Jenseits einer flachen Wiese sah Thomas ein paar Gebäude, einen langgezogenen Stall und ein Wohnhaus. Vermutlich gab es dort auch eine Wirtschaft, vielleicht sogar eine Übernachtungsmöglichkeit, jedenfalls standen vor dem Haus einige Autos. Es war schon spät am Nachmittag, der Himmel hatte sich bewölkt und es war kühl, also beschloss er, hier zu bleiben.

Astrid wachte früh auf und konnte nicht mehr einschlafen. Die Verwirrung von gestern Nacht war wie zugedeckt von einer großen Klarheit. Es war, wie wenn sich bei einer Bedrohung alle Kräfte konzentrieren auf ein Ziel. Sie wusste, was sie tun musste, ohne darüber nachzudenken. Thomas' Pläne, seine Ziele waren ihr einerlei. Was auch immer er sich dabei gedacht hatte, sie würde ihn nicht kampflos ziehen lassen. Sie würde ihn zurückholen. Jetzt ging es nur noch darum, den Plan umzusetzen. Als sie hörte, wie Manuela und die Kinder aufstanden, stellte sie sich wieder schlafend. Nachdem die Kinder aus dem Haus waren, stand sie auf. Manuela war dabei, die Küche aufzuräumen. Als Astrid den Raum betrat, umarmte die Schwägerin sie wortlos, als träfen sie sich auf einer Beerdigung. Ungeduldig ließ Astrid sich die Umarmung gefallen. Es tut mir so leid, sagte Manuela, nachdem sie endlich von ihr abgelassen hatte. Solche Dinge passieren, sagte Astrid kühl. Manuela goss zwei Tassen Kaffee ein und ging voraus ins Wohnzimmer. Sie benahm sich, als sei es ihr Haus, als sei sie die Gastgeberin und Astrid nur für einen Schwatz vorbeigekommen. Auf dem Sofa lag eine Wolldecke, offenbar hatte Manuela sich da eingenistet.

Das alles passt gar nicht zu Thomas, sagte sie. Ich kann mir nicht vorstellen, was in ihn gefahren ist. Danke, dass du dich um die Kinder gekümmert hast, sagte Astrid. Das ist doch selbstverständlich, sagte

Manuela, dafür hat man doch eine Familie. Du bist nicht meine Familie, dachte Astrid. Wir sind ziemlich sicher, wo Thomas ist, sagte sie. Wir, dachte sie, Patrick und ich. Der Gedanke, dass Manuela mit ihm über sie gesprochen hatte, kränkte sie. Es kam ihr vor, als hätte er sie verraten. Ich möchte ins Muotatal fahren, vielleicht hat ihn dort jemand gesehen. Die Polizei unternimmt ja nichts. Könntest du heute auf die Kinder aufpassen? Manuela machte ein leidendes Gesicht. Meinst du wirklich, dass das gut für dich ist?, fragte sie, als rede sie mit einer Kranken. Mir geht es ausgezeichnet, sagte Astrid. Es ist die einzige Spur, die wir haben. Vielleicht … Sie sprach nicht weiter. Du musst nicht glauben, dass ich auf seiner Seite stehe, nur weil ich seine Schwester bin, sagte Manuela, ich finde es unmöglich, was er getan hat. Unmöglich war das falsche Wort, dachte Astrid, es bedeutete, das würde er nie tun, es kann nicht sein, du bist schuld, dass er gegangen ist. Sie fragte sich, ob Manuela etwas wusste über Thomas' Verbleib. Zwischen den beiden Geschwistern hatte immer eine Vertrautheit geherrscht, die sie nie ganz verstanden und die sie irritiert hatte. Sie selbst war als Einzelkind aufgewachsen und konnte sich nicht vorstellen, wie es war, einen Bruder oder eine Schwester zu haben. Natürlich war Manuela auf Thomas' Seite, auch wenn sie es bestritt. Es macht mich verrückt, hier ruhig herumzusitzen, wenn ich weiß, wo er ist, sagte

Astrid. Habt ihr euch gestritten?, fragte Manuela, immer noch mit ihrer Krankenschwesterstimme. Wenn du nicht auf die Kinder aufpassen kannst, dann frage ich die Nachbarin, sagte Astrid.

Es war schon nach neun, als sie endlich losfahren konnte. Das GPS gab die Fahrzeit nach Muotathal mit zwei Stunden an. Astrid fuhr schneller als erlaubt. Kurz vor elf verließ sie die Autobahn. Die Landstraße führte jetzt bergauf, und bald gelangte sie in ein flaches Hochtal. Ganz am Ende des Tals lag das Dorf, das nur aus einer langen Straße zu bestehen schien. Sie parkte das Auto vor einem Restaurant, zog das Foto von Thomas aus der Tasche und stieg aus. Sofort fiel ihr die Stille auf, die über dem Tal lag. Alle Geräusche wirkten gedämpft, und die Leute, die sie nach Thomas fragte, antworteten so leise und zögerlich, als seien sie Teil eines Publikums, das der Aufführung von etwas Größerem beiwohnte und nicht stören wollte. Ohne Kinder und in dieser fremden Umgebung fiel es ihr leichter, sich nach Thomas zu erkundigen. Haben Sie zufällig diesen Mann gesehen? Er müsste gestern hier durchgekommen sein. Er trägt Wanderkleidung. Vermutlich ist er unrasiert. Aber schon während sie die wenigen Passanten fragte, ahnte sie, dass Thomas nicht hier gewesen war. Bestimmt hatte er versucht, das Dorf zu umgehen, an den Hängen jenseits des Flusses, wo zwischen Kuhweiden nur wenige Bauernhöfe und Ställe standen.

Die Leute waren nicht unfreundlich, aber scheu und wortkarg, manche schüttelten nur den Kopf und gingen weiter. Ein paar Schüler, die lachend aus einem Bus gestiegen waren und dann gleich verstummten, als sei ihre Fröhlichkeit hier fehl am Platz, fragten, ob der Mann etwas angestellt habe. Astrid hatte sich eine Geschichte ausgedacht, eine Erklärung, aber jetzt verneinte sie nur und sagte, er ist mein Mann. Auch die Schüler hatten Thomas nicht gesehen.

Obwohl Astrid keinen Hunger hatte, ging sie ins Restaurant, vor dem sie den Wagen abgestellt hatte. Der Gastraum war leer, nur die Wirtin saß an einem der Tische und schaute sich im Fernsehen die Wiederholung einer Talkshow an. Nachdem Astrid sich gesetzt hatte, schaltete die Wirtin den Fernseher aus und das Radio an. Eine Blasmusikkapelle spielte ein Potpourri bekannter Schlagermelodien. Nach und nach füllten sich die Tische mit Handwerkern und Bauarbeitern in orangefarbener Arbeitskleidung. Neben der Wirtin war Astrid die einzige Frau im Raum. Sie bestellte das Mittagsmenü, aber schon als sie den vollen Teller sah, verging ihr der Appetit, und sie stocherte im Essen herum und aß kaum die Hälfte. Beim Abräumen fragte die Wirtin, ob es nicht geschmeckt habe.

Die meisten der Männer waren schon beim Kaffee. Astrid ging von Tisch zu Tisch, um sich nach Thomas zu erkundigen. Beim Essen hatten die Arbeiter gescherzt und gelacht, und Astrid hatte gefürchtet, sie würden sich über sie und ihre Fragerei lustig machen, aber als spürten die Männer die Dringlichkeit und den Ernst ihres Anliegens, antworteten sie höflich und ohne irgendwelche unpassenden Bemerkungen. Fragen Sie die da drüben, sagte ein junger Mann, dessen dunkelblaue Fleecejacke voller Sägemehl war, und zeigte zur Gruppe mit den orangefarbenen Overalls, die sind von der Baustelle an der Hauptstraße. Auch die Straßenarbeiter waren freundlich. Ein kleiner, dicker Mann mit buschigem Bart, vermutlich der Vorarbeiter, schaute sich das Foto lange an und reichte es dann mit einem Kopfschütteln einem seiner Kollegen weiter. Habt ihr den gesehen? Die Wirtin war an den Tisch getreten und schaute sich das Foto über die Schulter des Straßenarbeiters an. Gibt es ein Hotel hier im Dorf?, fragte Astrid. Das Restaurant Post hat ein paar Gästezimmer, sagte die Wirtin. Oben in Stalden gibt es den Alpenblick und auf der Passhöhe ein Massenlager. Im Radio lief jetzt ein volkstümlicher Schlager.

Nachdem man Astrid weder im Gasthaus Post noch im Alpenblick hatte weiterhelfen können, entschloss sie sich, auf die Passhöhe zu fahren. Die Straße war nur einspurig, zum Glück gab es ziemlich viele Ausweichstellen. Astrid wunderte sich über die vielen Sportwagen, die ihr entgegenkamen. Die meisten hatten deutsche Kennzeichen. Sie hatte das Fenster einen Spaltbreit geöffnet, und kalte, frische Bergluft drang herein.

Ziemlich weit oben kamen zwei bärtige Hirten mit vielleicht zwanzig Rindern die Straße herunter. Sie musste ein Stück weit zurücksetzen bis zur nächsten Ausweichstelle. Die Tiere trotteten mit laut scheppernden Treicheln am Auto vorbei, die Männer grüßten stumm mit einem kurzen Heben des Kopfes, das etwas Trotziges hatte. Astrid wunderte sich, dass sie schon so früh von der Alp abfuhren, dann erinnerte sie sich, dass in der Wetterprognose für die nächsten Tage von Schnee in höheren Lagen die Rede gewesen war.

Auf der Passhöhe gab es eine Alp mit einer Wirtschaft. Hinter den schmucklosen Gebäuden standen auf einer eingezäunten Weide wohl an die hundert Rinder, dazwischen einige Männer und Frauen, die die Tiere zu Gruppen zusammentrieben. Die Szene hatte nichts von der Festlichkeit der Alpabzüge, die Astrid aus Tourismusprospekten und Käsewerbungen kannte, es gab keine bunten Trachten und keine mit Blumen geschmückten Kühe, dafür zwei schwer bepackte Pferde, die am Rand der Weide grasten, und eine kleine Herde Ziegen.

Astrid hatte den Wagen auf dem Kiesplatz geparkt. Obwohl sie einen Wollpullover trug, fröstelte sie. Am Himmel zogen sich dunkle Wolken zusammen, und es war ihr, als könne sie den kommenden Schnee schon riechen.

In der großen Gaststube waren nur zwei Tische besetzt. An einem saßen ein Mann und eine Frau in Astrids Alter, die Motorradkleidung trugen und ihre Helme neben sich auf den Tisch gelegt hatten, am anderen spielten vier alte Leute Karten. Dem Dialekt nach stammten sie aus der Gegend. An der Theke stand ein junges Mädchen, das sehr schüchtern war und auf Astrids Fragen nur einsilbig antwortete und endlich sagte, sie hole die Mutter. Es dauerte ziemlich lange, dann erschien eine drahtige kleine Frau mit schwarzen Haaren. Sie trug grobe Arbeitskleidung und Gummistiefel. Sie schaute sich erst Thomas' Foto an und dann Astrid. Schließlich sagte sie, der Mann habe hier übernachtet und sei am Morgen weitergewandert. Wir haben ein kleines Massenlager oben unter dem Dach. Ist das Ihr Mann?, fragte sie. Kommen Sie. Sie führte Astrid zu einem Tisch etwas abseits von den anderen Gästen und rief ihrer Tochter zu, sie solle zwei Tassen Kaffee bringen und dem Vater sagen, sie komme gleich. Ich wollte gerade in den Stall, entschuldigte sie sich bei Astrid. Jetzt erzählen Sie mal. Ich bin Bernadette. Astrid erzählte ihr die ganze Geschichte, sie wusste selbst nicht, warum. Die Bäuerin hörte geduldig zu, fragte nur ein paarmal nach, nickte und sagte dann und wann ein paar beruhigende Worte. Als Astrid fertig war, gab Bernadette weder einen Kommentar ab, noch erteilte sie ihr einen Rat. Sie legte Astrid nur eine Hand auf den Unterarm und fragte, ob sie noch einen Kaffee wolle. Dann erzählte sie das wenige, was es zu erzählen gab. Astrids Mann sei gestern am späten Nachmittag angekommen und habe sich nach einer Übernachtungsmöglichkeit erkundigt. Sie habe ihn im Massenlager untergebracht, er sei der einzige Gast gewesen. Er habe auch hier zu Abend gegessen, aber nicht viel gesagt. Astrid fragte, wie Thomas gewirkt habe. Bernadette dachte einen Moment nach. Freundlich, sagte sie, still. Ein bisschen abwesend. Nein, er habe nicht gesagt, wohin er wolle, sagte sie, aber wenn er vom Wägital her gekommen sei, dann sei er bestimmt weiter nach Muotathal hinunter, das sei eine beliebte Wanderung. Dort hat ihn niemand gesehen, sagte Astrid. Es gibt natürlich auch andere Wege, sagte die Bäuerin. Sie konnte nicht sagen, um welche Zeit Thomas aufgebrochen war. Er habe spät gefrühstückt und die Rechnung bezahlt. Danach sei sie ins Tal gefahren, um einzukaufen, und als sie gegen Mittag zurückgekommen und nach oben ins Massenlager gegangen sei, sei er weg gewesen. Sie fragte, ob sie noch irgendetwas für Astrid tun könne? Sie müsse jetzt die Kühe melken.

Astrid ging über die flache Hochebene. Auf der Weide standen nur noch halb so viele Rinder wie vorhin. Dort, wo das Gelände anstieg, stand eine kleine offene Kapelle. Lange betrachtete Astrid den Gekreuzigten. Ihre Großmutter hätte hier bestimmt um Hilfe gebetet, ihre Mutter hätte sich bekreuzigt und wohl das diffuse Gefühl gehabt, es helfe ihr in der Not. Für Astrid war das Kruzifix nur ein Stück Holz und Metall.

Unten an der Straße standen gelbe Wanderwegweiser, die in alle Richtungen zeigten. Astrid las die Namen der Orte, Bödmeren, Twärenen, Eigeliswald, Vorauen, Charental, Silberen, Dräckloch. Es gab Dutzende von Wegen, die Thomas genommen haben könnte. Einen Moment lang erwog sie, irgendeinen dieser Wege zu gehen, nur um nicht tatenlos herumzustehen. Aber es war schon fast vier, und bald würde es schneien. Sie spürte, wie die Energie sie verließ, die sie seit dem Aufstehen vorangetrieben hatte.

Die Gaststube war leer, als Thomas eintrat. Neben der Theke stand eine Glasvitrine, in der Alpkäse und andere Milchprodukte angeboten wurden. Er räusperte sich und setzte sich schließlich an einen der Tische und wartete. Endlich trat eine schlanke, ziemlich kleine Frau mit schwarzen Haaren in den Gastraum, grüßte und kam an seinen Tisch. Die Frau hatte etwas Slawisches, Thomas musste an die russischen Truppen denken, die vor zweihundert Jahren hier durchgezogen waren. Er bestellte einen Kaffee. Als die Frau ihn brachte, erkundigte er sich nach einem Zimmer. Sie hätten nur ein Massenlager, sagte sie, aber er sei der einzige Gast. Um sieben gebe es Abendessen. Thomas schaute ihr nach, wie sie zur Theke ging und durch die Tür dahinter verschwand. Obwohl sie Gummistiefel trug, bewegte sie sich mit einer Grazie, die nicht an diesen Ort zu passen schien.

Er trank den Kaffee und blätterte durch eine Lokalzeitung, die auf dem Tisch lag. Etwas später kam die Frau wieder und sagte, sie zeige ihm jetzt die Unterkunft. Sie führte ihn an der Küche vorbei und eine enge Treppe hoch auf den Dachboden. Im abgeschrägten Raum lagen ein Dutzend schmaler Matratzen eng nebeneinander und darauf Stapel von grauen Armeewolldecken und Kissen mit rotweiß karierten Bezügen. Durch ein kleines Fenster an der Stirnseite drang etwas Tageslicht herein. Über der Tür leuchtete schwach eine einzelne Glühbirne. Es war kühl im Massenlager, und es roch säuerlich nach Milch und nach Staub und Heu. Die Wirtin sagte noch einmal, um sieben gebe es Abendessen. Nachdem sie gegangen war, richtete Thomas sich auf der Matratze neben dem Fenster ein. Es war erst kurz nach sechs, und er legte sich hin und lauschte auf die Geräusche, die aus dem unteren Stock heraufdrangen. Kurz vor sieben hörte er das Klappern von Geschirr und ging nach unten.

Im Gastraum war ein langer Tisch für zehn Leute

gedeckt und etwas abseits ein Tisch für eine Person. Dort setzte Thomas sich hin und beobachtete, wie der große Tisch sich füllte. Neben dem Bauern und vier Kindern setzten sich ein junger und ein alter Mann hin, während die Bäuerin und eine üppige junge Frau die Schüsseln auftrugen. Dann brachte die junge Frau Thomas' Essen und wünschte ihm einen guten Appetit. Er hatte großen Hunger und fing gleich zu essen an, während die Tischgesellschaft sich an den Händen fasste und der Bauer ein Gebet murmelte, so leise, als schämte er sich vor dem unbekannten Gast. Danach war eine Zeitlang nur noch das Schaben und Klappern des Bestecks zu hören. Erst allmählich mischten sich Stimmen in die Essgeräusche, jemand bat um eine Schüssel oder den Teekrug, der junge Mann machte einen Scherz, das üppige Mädchen gab zurück, die Bäuerin griff beschwichtigend ein. Thomas verstand nur die Hälfte von dem, was geredet wurde, aber zum ersten Mal, seit er aufgebrochen war, fühlte er sich einsam. Während der Wanderung hatte er sich ganz vergessen, und wenn er an Astrid und die Kinder gedacht hatte, war er in Gedanken mit ihnen vereint gewesen. Jetzt empfand er schmerzhaft, dass er nicht mehr zur Gemeinschaft gehörte, dass er ein Fremdkörper war in dieser kleinen, eingespielten Welt. Ein Platz am großen Tisch war frei geblieben, und er stellte sich vor, wie er sich dort hinsetzte und seine Nachbarn an den Händen fasste und mit ihnen das Tischgebet sprach, wie er aß und trank und später half, den Tisch abzuräumen, das Geschirr abzuwaschen. Auf einer Alp waren zusätzliche Hände immer willkommen.

Fliegen schwirrten um seinen Tisch, und irritiert scheuchte er sie immer wieder weg. Kaum hatte er sein Besteck weggelegt, saßen drei Fliegen auf seinem leeren Teller. Er hatte einen halben Liter Rotwein bestellt. Er spürte den Alkohol schneller als sonst und trank die Flasche nicht leer. Er betrachtete das halbvolle Glas und musste an jenes denken, das er vor nur vier Tagen vor dem Haus hatte stehenlassen. Als er aufstand, verlor er für einen Augenblick das Gleichgewicht und musste sich am Stuhl festhalten. Er wünschte eine gute Nacht und ging am großen Tisch vorbei nach oben.

In der Wirtsstube war es warm gewesen, aber im Massenlager war es noch kälter geworden, und obwohl Thomas drei der klammen Wolldecken über sich ausbreitete, dauerte es lange, bis er nicht mehr fror. Die Stimmen aus dem unteren Stock schienen lauter als vorhin. Dann war wieder Tellergeklapper zu hören, Schritte und etwas später, aus einer anderen Ecke des Gebäudes, ein Radio und das Rauschen von Wasser und von anderswoher das Knallen einer Tür und entfernte Rufe.

Thomas erwachte früh am nächsten Tag, aber er konnte sich nicht entschließen aufzustehen und dämmerte wieder weg. Als er das zweite Mal erwachte, war es nach neun Uhr. In den vergangenen Nächten hatte er alle möglichen Träume gehabt, manche an den Grenzen des Schlafs, auch tagsüber hatten ihn Bilder heimgesucht, Phantasien, die oft wirklicher gewesen waren als die Landschaften, durch die er gegangen war. Aber in der letzten Nacht hatte er nichts geträumt, und während er sich draußen im Flur an einem kleinen Waschbecken notdürftig wusch, war es ihm, als gäbe es nur diesen einen Augenblick, den staubigen Geruch, das Rinnen des Wassers, die entfernten Geräusche aus dem Stall und aus der Küche, die graue Düsternis dieses Vorraums, die Kälte des Metalls, als er den Hahn zudrehte.

In der Gaststube war das scheue Mädchen dabei, den Boden zu kehren. Auf dem Tisch stand schon das Frühstück, und nachdem Thomas sich gesetzt hatte, brachte das Mädchen ihm wortlos eine Thermoskanne mit Kaffee und einen kleinen Krug heißer Milch. Zum Abkassieren rief sie die Mutter, die geschäftiger war als am Vortag und auch nicht viel sagte. Thomas wagte nicht, ihr ein Trinkgeld zu geben. Er bedankte sich und ging hinauf, um seine Sachen zu packen. Es war nach zehn, als er sich auf den Weg machte.

Der schmale Pfad wand sich im Zickzack den Abhang hinauf. Hier und da standen einige Tannen, aber je höher Thomas stieg, desto karger wurde die

Vegetation. Felsbänder zogen sich durch den Hang. Die braungrünen Wiesen waren voller Buckel und Mulden, in manchen der Senken wuchs Wollgras auf dem sumpfigen Boden, in anderen hatten sich Tümpel gebildet, in deren Wasser Bündel von meterlangen schmalen Blättern schwebten wie Haarsträhnen von Ertrunkenen. Der Himmel hatte sich bewölkt, im diffusen Licht wirkte der Karst fast weiß, das Wasser der Tümpel schwarz und tiefgründig.

Es war sehr still, erst als Thomas schon ziemlich hoch oben war, hörte er aus der Tiefe Hundegebell und Kuhglocken und sah, als er sich umwandte, weit unten eine große Herde Rinder und einige Ziegen, die von Hirten auf den Pass zugetrieben wurden. Am Schluss des Zuges gingen zwei Pferde mit hoch bepackten Traggestellen. Thomas setzte sich auf einen Fels, bis der Zug um eine Felsnase herum verschwunden war und es wieder still wurde.

Während er höher stieg, war es ihm, als gehe er rückwärts in der Zeit. Blumenarten, die auf der Passhöhe verblüht gewesen waren, hatten weiter oben in voller Blüte gestanden und waren hier noch nicht einmal aufgegangen. Je flacher das Gelände wurde, desto unwegsamer war es. Der von Rinnen durchzogene Karst wirkte wie ein zu Stein erstarrtes wogendes Meer. Überall in den zerklüfteten Karren waren Spalten, manche waren viele Meter breit und tief. An anderen Stellen gab es sanfte Rücken, die unvermittelt schroff abfielen oder in schmalen Kämmen oder Graten endeten, die Thomas nur rittlings zu überqueren wagte. Der scharfkantige Fels zerkratzte ihm die Hände und schnitt in seine Knie.

Das Vorwärtskommen war anstrengend, und Thomas musste immer wieder rasten, aber es drängte ihn vorwärts, und erst am Nachmittag machte er eine längere Pause, um etwas zu essen. Der Himmel war jetzt dicht bewölkt, das Licht so unbestimmt, dass es keine Schatten mehr warf. Als er wieder aufstand, um weiterzugehen, wusste er nicht mehr, von wo er gekommen war. Er versuchte, sich am Panorama zu orientieren, aber er erkannte die Bergspitzen nicht, die sich in allen Richtungen eine an die andere reihten. Er merkte sich eine markante Spitze und beschloss, in ihre Richtung zu gehen, bis er auf einen Weg stoßen würde. Er war ganz auf das Gelände konzentriert, auf jeden Tritt, jeden Griff, als bewege er sich in Zeitlupe. Er war gefangen in einem Labyrinth aus Fels, aber die diffuse Angst, die er verspürte, hatte weniger damit zu tun als mit dem Gedanken, dass er an seinem Ziel angekommen war, dass er, selbst wenn er einen Weg fände, nicht weiterwusste.

Die Wolkendecke hatte sich gesenkt, und die Spitzen der Berge waren nicht mehr zu sehen. Der kalte Wind trieb Nebelfetzen über die Hochebene. Der Fels war etwas weniger zerklüftet hier, und Thomas schritt schneller aus, er musste den Weg finden, bevor der Nebel dichter würde und jede Orientierung unmöglich. Er zuckte zusammen, noch bevor er den Knall bewusst wahrnahm, ein wildes Flattern, und im selben Moment neben seinem Fuß etwas Graues, eine panische Bewegung. Er reißt den Fuß zurück, verliert das Gleichgewicht, aus dem Augenwinkel sieht er einen grauen Vogel davonflattern, bevor er sich im Fallen umdreht und sich vor ihm eine Spalte auftut. Er rudert mit den Armen, sucht nach Halt. Einen Moment lang kommt es ihm vor, als fliege er.

Erst an diesem Morgen wurde Astrid bewusst, dass Thomas die ganze Zeit bei ihr gewesen war. Bei allem, was sie getan hatte, hatte sie seinen Blick gespürt, bei jeder Entscheidung sein Einverständnis oder sein Missfallen. Oft war es ihr in den vergangenen Tagen gewesen, als spiele sie Theater für ihn, als sei er ihr Regisseur, der ihr bedeute, was sie machen solle, mit einem jener Blicke, die er ihr manchmal zugeworfen und die sie über die Jahre lesen gelernt hatte. Ihr Verhalten gegenüber dem Polizisten hatte er mit einem Lächeln geduldet, er hatte nie zu Eifersucht geneigt und Astrids gelegentliches Flirten mit anderen Männern mit einer belustigten Gelassenheit oder Gleichgültigkeit hingenommen, die sie gekränkt hatte. Er war sich ihrer immer sicher gewesen, mehr als sie sich seiner, obwohl sie keinen Grund für ihre Zweifel an ihm hätte nennen können. Vielleicht, dachte sie, war ihre Liebe weniger stark als seine, vielleicht waren ihre Zweifel an ihm in Wirklichkeit Zweifel an ihrer Liebe.

Manchmal spürte sie, dass er weit weg war, dann stand er plötzlich wieder hinter ihr, so nah, dass sie die Wärme seines Körpers zu spüren glaubte. Sie widerstand der Versuchung, sich nach ihm umzuwenden. Was soll ich machen?, fragte sie ihn nur. Willst du, dass ich dich suche? Dass ich dir nachgehe? Wartest du irgendwo auf mich? Oder soll ich tun, als sei nichts geschehen? Brauchst du Zeit? Wie viel Zeit? Er gab keine Antwort. Jetzt wäre Astrid sogar Manuela willkommen gewesen mit ihren Gemeinplätzen und ihrem billigen Trost, aber sie war gestern Abend gefahren, nachdem sie sich zehnmal versichert hatte, dass es der Schwägerin auch wirklich besserging, dass sie zurechtkam und keine Hilfe mehr brauchte.

Astrid stand auf und trat in den Flur. Dort stand die Plastiktüte mit Thomas' Kleidung und Schuhen, die die Polizisten im Einkaufszentrum gefunden und gestern im Lauf des Tages vorbeigebracht hatten, während Astrid in den Bergen nach Thomas gesucht hatte. Es kam ihr vor, als wollten die Beamten sie verhöhnen. Schau, das ist von deinem Mann übrig geblieben, ein zerknittertes Hemd und eine schmutzige Hose, ein Paar vor Dreck starrende Schuhe. Bisher war Thomas' Verschwinden abstrakt gewesen, seine

Abwesenheit nicht anders, als wenn er bei der Arbeit war oder im Volleyballtraining. Seine abgelegten Sachen waren der erste materielle Beweis dafür, dass er seine alte Existenz abgestreift hatte. Er würde nicht zurückkommen, er hatte sich aus ihrem Leben entfernt und hatte, nackt wie ein Neugeborenes, ein anderes Leben begonnen. Astrid stopfte die Kleider und die Schuhe in den Müll, wo Thomas sie hatte haben wollen. Aber das genügte nicht. Sie nahm die erst halbvolle Mülltüte aus dem Eimer, verknotete sie und trug sie zum Schulhaus, wo ein Abfallcontainer stand. Die Vorstellung, dass sie nächste Woche abgeholt und mit all dem anderen Müll verbrannt werden würde, hatte etwas Befreiendes.

Die Kinder schliefen noch, als sie zurückkam. Normalerweise ließ sie sie am Wochenende ausschlafen, aber sie empfand immer noch jene Verlassenheit, die sie gleich nach dem Aufwachen erfasst hatte, und ging hinauf, um bei ihnen zu sein. Sie schlüpfte zu Ella ins Bett und umarmte sie von hinten. Das Haar des Mädchens kitzelte an ihrer Nase. Hast du gut geschlafen?, flüsterte sie. Ella gähnte und streckte sich und drehte sich auf den Rücken und aus der Umarmung hinaus. Obwohl sie eher nach Thomas als nach ihrer Mutter kam, erkannte Astrid sich in diesem Moment in ihr. Sie lag im schmalen Bett, streckte sich wohlig. Der Himmel vor dem Fenster war bewölkt, niemand würde sie an die frische Luft schicken. Zwei

Tage lang faulenzen, herumliegen auf dem Bett oder auf dem Sofa und lesen, fernsehen. Dann fiel ihr der Vater wieder ein, die Mutter. Sie versuchte, an etwas anderes zu denken, an ein Buch, das sie gelesen, an Pläne, die sie mit einer Freundin geschmiedet hatte. Ein altes Bauernhaus kaufen mit einem großen Stall, Pferde halten und Hühner und Kaninchen, ganz viele Katzen und einen Hund. Da würden sie zusammen wohnen, nur sie beide, und irgendetwas Großartiges leisten, sie hatte keine bestimmte Vorstellung, was das sein könnte, aber die ganze Welt würde sie dafür lieben und bewundern. Dann hörte sie aus dem unteren Stock die Stimme der Mutter, aufstehen, du kommst zu spät zur Schule. Aber es war doch Samstag. Und zur Schule ging sie seit vielen, vielen Jahren nicht mehr. Ella drehte sich wieder von Astrid weg, zugleich schmiegte sie sich enger an sie. Was sollen wir nur machen?, fragte Astrid. Können wir einen Hund kaufen?, fragte Ella.

Astrid hatte befürchtet, die Kinder könnten weniger gut mit Thomas' Verschwinden umgehen als sie, aber das Gegenteil war der Fall. Sie hatte ihnen an jenem Samstagmorgen gesagt, dass es ihrem Vater gutgehe, aber dass er auf unbestimmte Zeit nicht zurückkommen werde. Es habe nichts mit ihnen zu tun, nichts mit der Familie, es sei einfach notwendig. Wenn ihr Vater Kapitän wäre, wäre es völlig normal, dass er zwei oder drei Monate am Stück nicht zu

Hause wäre. Diese Vorstellung schien sich in den Köpfen der Kinder eingenistet zu haben: Ihr Vater war auf großer Fahrt, er erlebte Abenteuer, sah neue Weltgegenden. Dabei dachte er jeden Tag an sie, und wenn es ihm möglich gewesen wäre, hätte er ihnen auch Postkarten geschrieben oder Kurzmitteilungen, hätte sie angerufen. Aber da, wo er war, gab es keine Postkarten, keine Marken, keine Briefkästen. Und sein Handy hatte er zu Hause liegenlassen. Konrad machte manchmal sogar Zeichnungen, auf denen der Vater zu sehen war auf einem Piratenschiff oder auf einer einsamen Insel oder oben auf einem hohen Berg. Wenn Astrid Thomas erwähnte, reagierten beide Kinder erstaunlich teilnahmslos, als wollten sie sich ihre Phantasien nicht nehmen lassen, von denen sie insgeheim wissen mussten, dass sie nicht stimmten.

Die Sekretärin aus Thomas' Firma rief mehrmals an und fragte nach Thomas' Befinden und nach dem Arztzeugnis. Schließlich bat Astrid um einen Termin beim Chef. Als sie am verabredeten Morgen an den Empfang trat, grüßte die Sekretärin sie mit einem unsicheren Lächeln und fragte, ob es Thomas bessergehe. Astrid schüttelte den Kopf, und die Sekretärin fing wieder an, von der Gürtelrose ihrer Mutter zu erzählen.

Thomas' Chef war noch nicht lange an der Stelle. Vor einem Jahr war sein Vorgänger in Pension gegangen, und es hatte in der Firma ein Gerangel um den Posten gegeben. Nur Thomas hatte sich nicht darum beworben, er sagte, er kümmere sich lieber um seine Kunden als um Personalprobleme. Schließlich hatte der alte Chef einen Nachfolger von außen geholt. Die Situation hatte sich danach etwas beruhigt, aber der neue Chef war nicht beliebt. Astrid war froh, dass sie die Situation nicht einem von Thomas' langjährigen Arbeitskollegen schildern musste, von denen sie die meisten duzte und deren Frauen sie kannte von Firmenausflügen und Festen.

Der Chef sprang auf und kam Astrid entgegen. Wollen wir uns an den Besprechungstisch setzen? Darf ich Ihnen einen Kaffee anbieten? Astrid lehnte dankend ab und ließ sich auf einen der Stühle fallen, die um den großen Tisch herumstanden. Thomas ist verschwunden, sagte sie schnell, um es hinter sich zu bringen. Der Chef schaute sie fragend an. Was meinen Sie mit verschwunden? Astrid erklärte ihm die Situation. Sie war selbst überrascht, wie gefasst sie war. Der Chef blieb ganz sachlich und enthielt sich jedes Kommentars. Er schlug vor, die Mitarbeiter vorerst nicht zu informieren. Wir sagen einfach, er sei krank. Er wird ja nicht ewig verschwunden bleiben. Er kommt nicht zurück, sagte Astrid. Der Chef schaute sie an, als glaube er, sie wolle es nicht anders. Ich bin sicher, dass er nicht zurückkommt, sagte sie. Wir warten jetzt einfach einmal ab, sagte der Chef.

Das Gehalt werde auf jeden Fall während der normalen Kündigungsfrist weiterbezahlt. Und wenn es bei einem oder zwei Monaten bleibe, könne man das Ganze als eine Auszeit behandeln, ein Sabbatical. Bei den vielen Dienstjahren, die Thomas habe, wäre das ja nichts Ungewöhnliches.

An das Geld hatte Astrid noch gar nicht gedacht. Während sie am Empfang vorbeischlich, um der Sekretärin nicht noch einmal zu begegnen, rechnete sie aus, dass die Firma spätestens im November die Gehaltszahlungen einstellen würde. Thomas hatte sich immer um alle Geldangelegenheiten gekümmert, schließlich war es sein Beruf. Er verdiente nicht schlecht, aber sie hatten keine großen Ersparnisse angelegt, und auf dem Haus war eine Hypothek.

Den Rest des Morgens verbrachte Astrid mit dem Versuch, sich einen Überblick über ihre Finanzlage zu verschaffen und abzuschätzen, wie lange sie von den Reserven leben könnten. Die Zahlen verwirrten sie und machten ihr Angst, und irgendwann packte sie alle Papiere wieder zusammen und verstaute sie in den Schubladen von Thomas' Schreibtisch.

Am liebsten wäre es ihr gewesen, niemand außer ihr hätte von Thomas' Verschwinden gewusst. Aber Manuela hatte es natürlich ihren Eltern erzählen müssen. Thomas' Mutter hatte angerufen. Sie schien sich nicht einmal Sorgen zu machen. In einem langen, wirren Gespräch versuchte sie, das Verhalten ihres Sohnes zu entschuldigen. Sie erzählte Geschichten aus seiner Kindheit, die Astrid schon Dutzende Male gehört hatte, sprach von Thomas' Autoritätsproblemen, seinem Dickschädel, seiner eigenbrötlerischen Art, als wüsste Astrid das nicht alles und als könne es irgendetwas erklären. Am Ende des Gesprächs versicherte auch Thomas' Mutter, er werde bestimmt bald zurückkommen, das alles sei sicher nur ein Missverständnis. Astrid machte sich nicht einmal die Mühe, ihr zu widersprechen. Wenn wir dir mit irgendetwas helfen können, sagte sie. Danke, sagte Astrid, ich melde mich, wenn ich Hilfe brauche. Danach hatte sie keinen Kontakt mehr mit Thomas' Eltern. Nur Manuela rief noch manchmal an und bot ihre Hilfe an und grüßte auch jedes Mal im Namen der Eltern. Ich komme zurecht, sagte Astrid, vielen Dank, danke, es geht ganz gut. Ihren eigenen Eltern hatte sie nichts von der ganzen Geschichte erzählt, und als sie sie einmal besuchen gingen, bläute sie den Kindern vorher ein, nichts zu sagen. Astrids Mutter fragte, ob Ella und Konrad in den Herbstferien ein paar Tage bei ihnen verbringen wollten. Die Kinder waren begeistert von dem Vorschlag, aber Astrid wies das Angebot schroff ab. Fahrt ihr weg?, fragte die Mutter. Ich weiß es noch nicht, sagte Astrid, wir wissen es noch nicht.

Patrick hatte sich seit der missglückten Suche nicht mehr gemeldet. Umso erstaunter war Astrid, als er eines Nachmittags Ende September mit traurigem Gesicht vor der Tür stand. Noch bevor sie ihn hereinbitten konnte, sagte er, man hat ihn gefunden.

Ein brennender Schmerz war das Erste, was Thomas wahrnahm. Dann Kälte. Feuchtigkeit. Er lag hintenübergebeugt auf schrägem Untergrund, sein ganzer Körper tat weh. Er vermied es, sich zu bewegen, erstellte im Kopf ein Inventar seiner Schmerzen, der oberflächlichen, die von Schürfungen und Schnitten stammen mussten, dem pulsierenden im Fußgelenk und in der Schulter, dem dröhnenden im Kopf, dem tauben in seinen eiskalten Händen und Füßen, die sich wie formlose Klumpen anfühlten. Dann gab es noch die kleinen Nadelstiche der Schneeflocken, die auf sein Gesicht fielen, winzige Berührungen. Als er die Augen öffnete, sah er, dass er in einer breiten und ziemlich tiefen Felsspalte lag. Er musste vier oder fünf Meter hinuntergestürzt sein. Der Ausschnitt des Himmels über ihm war grau vom fallenden Schnee und von der einbrechenden Dunkelheit. Es war unnatürlich still. Thomas musste an das Schneehuhn denken, das seinen Fall verursacht hatte. Er fragte sich, wie es in einer so unwirtlichen Gegend überleben konnte, wo es Futter fand im Winter, wenn alles von Schnee bedeckt war, wie und wo es seine Zeit verbrachte. Vorsichtig drehte er den Kopf hin und her, und jetzt erst merkte er, dass er auf dem von Moos und Farn bewachsenen Fleck lag, den er im Fallen gesehen hatte. Neben ihm war eine kleine Felsnase, und die Spalte verengte sich und führte noch weiter in die Tiefe. Alles war von einer dünnen Schneeschicht bedeckt, seine Jacke war zerrissen, auf der Hose waren dunkle Blutflecken. Vorsichtig richtete er sich auf, bewegte erst die Arme, dann die Beine. Er schien keine schweren Verletzungen davongetragen zu haben. Das Fußgelenk war geschwollen, aber vermutlich nur verstaucht, nicht gebrochen. Die Schürfungen waren zwar großflächig, aber nicht tief. Sein Kopf schmerzte, vielleicht hatte er eine Gehirnerschütterung. Er musste daran denken, wie leicht er hätte sterben können, aber er schob den Gedanken sofort beiseite, um sich ganz auf den Moment zu konzentrieren, auf die Gefahr, in der er sich immer noch befand. Als er aufstand, schwindelte ihm, und er musste sich am kalten Fels festhalten. Er schwang seine Arme wie Pendel hin und her, bis das Gefühl in den Händen zurückkehrte. Sein erster Impuls war, sofort aus der Spalte herauszuklettern, aber nach kurzem Nachdenken entschloss er sich, die Nacht hier unten zu verbringen, wo er wenigstens einigermaßen geschützt war vor dem Wetter. In der Dunkelheit hätte er ohnehin nicht weitergehen können im karstigen Gelände und mit seinem verletzten Knöchel. Wenn er sich ganz an die Felswand drückte, war er unter einem kleinen Überhang geborgen. Er breitete den Regenschutz über sich aus und aß Brot und Trockenfrüchte und eine ganze Tafel Schokolade. Er trank nur wenig, er musste Wasser sparen, die Flasche war nur noch halb voll. Nachdem er gegessen hatte, rollte er sich zusammen und versuchte zu schlafen. Die schweren Schneeflocken machten auf dem dünnen Stoff des Regenschutzes kaum wahrnehmbare Geräusche, die wie kleine Seufzer klangen.

Den größten Teil der Nacht verbrachte er in einem Zustand zwischen Wachen und Schlafen. Seine Gedanken kreisten, Bilder tauchten auf, die mehr wie Träume waren, dann wieder war für Momente alles nur noch Schmerz und Kälte und Müdigkeit. Der Regenschutz wurde schwer vom Schnee. Thomas versuchte, an zu Hause zu denken, an sein warmes Bett, an Astrid und die Kinder. Aber die Bilder entglitten ihm, er sah Berge, die wie von innen leuchteten unter einem sternenlosen Himmel, er flog nicht endende Felswände hinauf, so nah am Fels, dass er die kleinsten Details erkennen konnte. Er befand sich in einem Luftstrom, der ihn trug und dann fallen ließ, aber auch im Sturz verlor er nicht die Kontrolle, er fiel und fiel der senkrechten Wand entlang nach unten. Dann war er plötzlich hellwach und spürte nur noch die Kälte und den harten Untergrund und den Schmerz. Er musste aufstehen, sich bewegen. Er schob den Regenschutz zurück und sah, dass es aufgehört hatte zu schneien. In der Spalte war es vollkommen dunkel, aber am Himmel waren Sterne zu sehen. Er zog die Stirnlampe aus dem Rucksack und sah, dass seine Uhr um halb acht stehengeblieben war. Sie musste beim Sturz beschädigt worden sein, auf dem Gehäuse waren Kratzer, im Glas Risse. Obwohl noch nichts das Ende der Nacht ankündigte, begann er die Felswand emporzuklettern. Die Stirnlampe beleuchtete nur einen kleinen Kreis, der zitternd vor und mit ihm nach oben wanderte. Er kletterte langsam und vorsichtig, prüfte jeden Griff, bevor er sich darauf verließ. Der Fels war nass und glitschig, auf den kleinen Absätzen und in den Ritzen hatte sich Schnee angesammelt, der an seinen Fingerspitzen brannte. Es dauerte lange, bis er oben angelangt war und sich über die Kante ziehen konnte. Er kniete im Schnee und ließ den Kegel der Lampe wie einen Suchscheinwerfer über seine nächste Umgebung wandern. Dann schaltete er die Lampe aus, um seine Augen an die Dunkelheit zu gewöhnen.

Der Sternenhimmel war von überwältigender Schönheit, die Sterne schienen in der Kälte zu vibrieren. Obwohl der Mond nur noch halbvoll war, war die öde Weite der Landschaft erstaunlich gut zu überblicken, es sah aus, als strahle der Schnee ein blasses Licht aus. Trotzdem wartete Thomas bis zum Beginn der Dämmerung, bevor er aufbrach.

Das Gelände stieg immer noch leicht an. Thomas

wollte den höchsten Punkt erreichen, dort würde es bestimmt Wegzeichen geben. Es hatte kaum zwanzig Zentimeter geschneit in der Nacht, trotzdem war das Vorwärtskommen jetzt noch schwieriger als am Vortag. Der Schnee bedeckte die Unebenheiten des Bodens, und kleinere Löcher und Spalten waren kaum noch zu erkennen. Die Sonne war noch nicht aufgegangen, aber der Himmel war schon hell. Das Leuchten des Schnees war erloschen, und er sah jetzt grau aus, dunkler als in der Nacht. Der verstauchte Knöchel tat Thomas weh, und er ging sehr langsam und blieb oft stehen. Endlich sah er am Horizont vor sich eine Steinpyramide auftauchen. Er war so erleichtert, dass ihn für einen Moment alle Kraft verließ und er fast auf die Knie gesunken wäre. Auf der weiten Hochebene standen mehrere der mannshohen Steinpyramiden wie stille Wächter nach allen Seiten. Aus der höchsten ragte ein Kreuz aus rostigem Eisen, daneben waren gelbe Wegweiser, von denen einer zurück zur Passhöhe zeigte, einer in die andere Richtung zu einer Alp, die gemäß der Inschrift eine knappe Stunde entfernt war. In einer Nische der Steinpyramide steckte eine schwarze Blechdose und darin ein Gipfelbuch, ein einfaches Ringheft, und ein Kugelschreiber. Thomas blätterte durch das Heft. Manche Berggänger hatten nur das Datum und ihre Namen eingetragen, andere die Route, die sie gegangen waren, und einige hatten eine Bemerkung hinzugefügt, wie schön hat Gott die Welt gemacht, wir kommen wieder, ganzer Tag Nebel, viel zu spät oben. Die letzte Eintragung war eine Woche alt, ein einzelner Name in einer krakeligen Handschrift. Thomas versuchte nachzurechnen, welcher Tag es war, aber er war sich nicht sicher und trug schließlich nur seinen Namen in das Heft ein.

Während er in Richtung der Alp abstieg, ging die Sonne auf und es wurde so hell, dass er geblendet die Augen zusammenkneifen musste. Weiter unten, wo der Karst nach und nach wieder Alpweiden wich und das Gelände flacher wurde, lag der Schnee nur halb so hoch wie auf dem Gipfel, und an einigen Stellen waren Grasbüschel zu sehen, die aus der Schneedecke staken.

Er brauchte fast doppelt so lang zur Alp, wie auf dem Wegweiser angegeben war. Endlich sah er einen langen Stall und daneben eine kleine Hütte, die er bald darauf erreichte. Der untere Stock war aus Bruchsteinen gemauert, das Holz darüber war alt und verwittert, nur das Eternitdach schien vor kurzem erneuert worden zu sein. Die Fensterläden waren geschlossen, aber die Tür war nicht verriegelt. Zögernd trat Thomas ein. Drinnen war es kälter als draußen. Es dauerte eine Weile, bis seine Augen sich an die Dunkelheit gewöhnt hatten. Auch nachdem er die Fensterläden geöffnet hatte, wurde es nicht viel heller.

Die Hütte schien für den Winter verlassen worden zu sein. Er schaute sich um. Der Raum war spärlich möbliert, außer einem Tisch mit einer Eckbank und einigen Stühlen gab es eine Anrichte mit einem zweiflammigen Gaskocher und darüber einen Küchenschrank. Thomas suchte nach Lebensmitteln, aber im Schrank gab es nur Gewürze, ein Paket Würfelzucker, einige Schachteln mit verschiedenen Teesorten und eine halbvolle Dose Instantkaffee. Neben dem Tisch stand ein Kanonenofen, in einer Ecke eine große Holztruhe, in der Decken, einige Kleidungsstücke und in Plastikboxen aller mögliche Kleinkram verstaut waren. Darüber war ein Regalbrett mit Landkarten, Wanderführern, Büchern über die Tiere und Pflanzen der Gegend und einigen Romanen. Auch ein paar Gesellschaftsspiele lagen da, ein Memory, Jasskarten und ein Lederbecher mit Würfeln. An den Wänden hingen eine Landkarte der Gegend, einige Kinderzeichnungen und Fotografien, auf denen immer dieselbe Frau zu sehen war, vor der Hütte in der Sonne sitzend, beim Kraxeln an einem Fels, beim Melken einer Ziege, während sie einige Rinder zusammentrieb. In der Rückwand der Stube war eine verschlossene Tür. Thomas durchsuchte die Truhe und den Küchenschrank und fand schließlich in einer alten, gesprungenen Tasse voller Reißnägel und Gummibänder den Schlüssel.

Im hinteren Raum war es noch dunkler. Von dort

führte eine steile Treppe hinauf in den oberen Stock, wo es zur Bergseite ein winziges Schlafzimmer gab und nach vorn einen größeren Schlafraum. Die Matratzen waren aufgestellt und an die Wände gelehnt, die Wolldecken an Leinen aufgehängt. Erst als er die Treppe wieder hinunterstieg, bemerkte er eine weitere Tür, hinter der sich ein Plumpsklo verbarg und eine große Holzkiste, eine Art Seemannskoffer. Er öffnete den Deckel und sah im Licht seines Feuerzeugs alle möglichen Lebensmittel, Reis und Nudeln, Zucker und Salz, Dosen mit Gemüse und sogar Fleischkonserven. Es gab einige Flaschen Wein und drei Literflaschen mit einer klaren Flüssigkeit, gemäß den von Hand geschriebenen Etiketten Träsch, der Kernobstschnaps, der in der Gegend getrunken wurde.

Thomas ging wieder ins Freie, um sich umzusehen. Etwas oberhalb der Hütte lag ein kleiner See, das Wasser war ganz klar, aber der Grund war nicht zu sehen. Der Stall, der etwas unterhalb der Alphütte lag, war schmal, aber wohl dreißig Meter lang. Auf dem Heuboden fand Thomas Zaunpfähle und Haspeln mit gelber Litze und einen großen Haufen Brennholz. Er trug einen Arm voll Scheiter in die Hütte und machte im Kanonenofen ein Feuer. Aber der Ofen zog nicht, kaum hatte Thomas das Feuer angefacht, füllte sich der Raum mit beißendem Rauch. Er riss Tür und Fenster auf. Draußen sah er, dass die Öffnung für den Kamin auf dem Dach mit einem Brett zugedeckt war.

Am Mittag brannte ein Feuer im Ofen, und in der Hütte war es wohlig warm. Thomas aß Nudeln mit einer Fertigtomatensauce, die er in der Lebensmittelkiste gefunden hatte. Nach dem Essen setzte er sich auf die Bank vor der Hütte in die Sonne. Wieder wunderte er sich über die absolute Stille. Aus Osten zogen Wolken auf.

Am Nachmittag trug Thomas so viel Holz in die Hütte, wie er konnte. Noch während er an der Arbeit war, fing es wieder an zu schneien, und es schneite noch immer, als er spät in der Nacht vor die Hütte trat, um eine seiner letzten Zigaretten zu rauchen. Er hatte den Abend damit verbracht, eine Liste aller vorhandenen Lebensmittel zu erstellen. Dabei hatte er vom hochprozentigen Träsch getrunken, der ihm schnell in den Kopf gestiegen war. Als er die Treppe zum oberen Stock hochstieg, musste er sich am Geländer festhalten, um nicht hinzufallen.

Das eiskalte Schlafzimmer war so winzig, dass es Thomas vorkam, als stecke er in einer Kiste. Obwohl er müde und betrunken war, konnte er lange nicht einschlafen. Er lag im Bett und starrte in die Dunkelheit. Wenn er die Augen schloss, drehte sich alles um ihn, und er sah dieses Bild vor sich: wie er unten in der Spalte lag, hintenübergebeugt und mit verrenkten Gliedern. Es war ihm, als blicke er von weit oben hinunter auf den unbeweglichen Körper, der da lag, mit Schnee bedeckt und mit einem unnatürlichen Lächeln im erstarrten Gesicht, dem Lächeln eines Toten.

Neben all den Gedanken, die Astrid in den folgenden Tagen beschäftigten, ließ einer sie nie los: dass das alles nicht wirklich, dass es nur eine von vielen Möglichkeiten war. Manchmal kam es ihr vor, als liege es in ihrer Macht, sich für die eine oder andere dieser Möglichkeiten zu entscheiden. Thomas' Tod war die einfachste, weil sie so konkret war, so eindeutig und klar. Ein Wanderer rutscht aus, stürzt ab und ist sofort tot. Wie oft hatte sie solche kurzen Meldungen in der Zeitung gelesen, ohne sie je ganz zu begreifen. Und einmal im Jahr dann die Statistik der Bergtoten, sauber zusammengefasst, hundertfünfzig, zweihundert Einzelfälle, sortiert nach der Art des Unfalls, Steinschlag, Eisschlag, Lawinen, Stürze.

Thomas war abgestürzt, kein Mensch wusste, wie und warum. Vermutlich war er an den Folgen des Sturzes gestorben. Oder er war nicht gleich tot gewesen und verblutet, erfroren, verdurstet, die Obduktion würde das klären. Es hatte geschneit in der Nacht, ein früher Wintereinbruch, wie er in dieser Höhe nicht unüblich war. Der Schnee hatte den toten Körper zugedeckt, aber nach einigen kalten Tagen wurde es noch einmal wärmer, der Schnee schmolz, und Jäger fanden die Leiche. Wäre nicht ein Fetzen seiner Jacke am oberen Rand der Spalte hängen geblieben, er wäre vielleicht nie gefunden worden oder erst in fünfzig oder hundert Jahren, wenn Astrid und sogar die Kinder längst tot sein würden.

Im Polizeiprotokoll waren alle Details nachzulesen, der Fundort, Datum und Zeit, selbst die Namen und Adressen der Finder. Man wusste, dass Thomas die Nacht vor dem Unfall im Massenlager auf dem Pass verbracht hatte, hatte seinen Eintrag im Gipfelbuch protokolliert. Er musste auf dem Abstieg gewesen sein, vielleicht hatte er sein Ziel erreicht und war auf dem Weg zurück, nach Hause. Später würden medizinische Details hinzukommen, die Art und die Schwere der Verletzungen, die mutmaßliche Todesursache. Es gab eine Leiche, die geborgen worden war von Menschen, die Namen hatten, Berufe, Familien, es gab Kleider und Schuhe und einen Rucksack mit Proviant und einigen Ausrüstungsgegenständen. Alle Fakten waren in Erfahrung zu bringen, alle Beweismittel lagen vor, aber was bedeuteten sie? Eine Kleinigkeit hätte genügt, und alles wäre anders gekommen. Wenn an jenem letzten Ferientag Thomas statt Astrid nach Konrad geschaut, wenn sie die Banktransaktionen früher überprüft, wenn der Suchhund mehr Ausdauer gehabt hätte. Wenn Thomas diesen einen falschen Schritt nicht gemacht hätte, nicht gestolpert, nicht gefallen wäre. Die kleinste Entscheidung, der kleinste Zufall teilten die Wirklichkeit in zwei Stränge, in vier, acht, sechzehn, in unendlich viele Welten.

Thomas war vor einem Monat verschwunden. Astrid hatte von Anfang an geahnt, dass er nicht zurückkommen würde. Sein Tod war die einfachste Lösung, er wischte alle Fragen weg, beseitigte alle Ungereimtheiten, den Grund für Thomas' Verschwinden, den Weg, den er gewählt hatte, weshalb er seine Bankkarte verwendet hatte, obwohl er damit rechnen musste, entdeckt zu werden, warum er sich im Gipfelbuch eingetragen hatte. Auch Astrids unbeholfene und widersprüchliche Erklärungen, ihre Ausflüchte und Lügen, niemand würde jemals wieder danach fragen. Thomas' Arbeitskollegen würden der Familie ihr Beileid ausdrücken, bei der Beerdigung betreten herumstehen und beim Leichenmahl an einem separaten Tisch sitzen und Geschichten über ihn erzählen. Seine Eltern und Manuela würden Geschichten erzählen, die Kameraden vom Volleyballclub, die Nachbarn, einfache Geschichten, die ihn ins Gedächtnis zurückholen, ihn am Leben erhalten sollten und ihn doch mit den Jahren ersetzen und erst wirklich zum Verschwinden bringen würden.

Astrid dachte sich eine andere Geschichte aus. Thomas war nicht gestorben beim Sturz, er hatte sich nur die Jacke zerrissen und sich leicht verletzt. Er war aus der Spalte herausgeklettert und zurück zum Pass gegangen. Als die Jäger Wochen später den Stofffetzen fanden, dachten sie sich nichts dabei. Da war Thomas längst über alle Berge. Sie suchte eine Landkarte, um einen Weg für ihn zu finden. Auf der Straßenkarte im Maßstab eins zu dreihunderttausend war der Pass eingezeichnet, aber das Karstgebiet südöstlich davon war nur eine weiße Fläche mit ein paar grauen Schattierungen, die die Topographie andeuteten. Die Gipfel und Höhenangaben, die Ortsnamen und die bunt eingefärbten Verbindungsstraßen, Fernverkehrsstraßen und Autobahnen waren bloße Behauptungen, noch mehr Fakten, die sich nicht in die Wirklichkeit übertragen ließen und Astrid nur traurig machten. Sie faltete die Karte zusammen und schloss die Augen. Jetzt sah sie Thomas aus der Spalte klettern und über die Hochebene gehen, er humpelte ein wenig, trotzdem ging er schnell. Bei einer Alphütte verpflegte er sich, ging weiter über verschneite Weiden. Der Trampelpfad wich einem besseren Weg, der in eine schmale Bergstraße mündete. Thomas ging durch einen Tannenwald ein Tal hinunter. Der Schnee war in Regen übergegangen, er fror, aber er war wie belebt von der Todesgefahr, der er entronnen war. Als es schon dämmerte, kam er in ein Dorf, einen trostlosen Ort in einem engen Tal. Er fand ein Gasthaus, aß und trank. Im Zimmer war die Heizung nicht aufgedreht, niemand hatte mit dem späten

Gast gerechnet. Obwohl die Wirtin darauf hingewiesen hatte, dass das Rauchen in den Zimmern untersagt war, roch es nach kaltem Rauch und einem Duftspray. Thomas schaltete den Fernseher ein und schlüpfte unter die dicke Daunendecke. Die Spätnachrichten liefen, lauter Meldungen von Konflikten, Krisen, Katastrophen, aber nichts konnte Thomas' Glück stören. Er war geborgen und alles war köstlich, jede Farbe, jeder Geruch, jedes Geräusch, jedes Wort. Er war am Leben.

Thomas erwachte mit Kopfschmerzen. Im Zimmer war es dunkel, aber durch die Ritzen der Fensterläden drangen einige Strahlen blendend hellen Lichts herein. Als er aufstand, schwindelte ihm, und er musste sich noch einmal hinsetzen. Nachdem seine Benommenheit etwas nachgelassen hatte, stand er auf und stieg langsam und vorsichtig die Treppe hinunter. Jeder Schritt versetzte ihm einen Schlag im Kopf. Er heizte den Ofen ein und setzte auf dem Gasherd Wasser für Kaffee auf. Die halbleere Flasche Träsch, die noch auf dem Tisch stand, räumte er weg, schon ihr Anblick schien seine Kopfschmerzen wieder zu verstärken.

Nachdem er zwei Tassen Kaffee mit viel Zucker getrunken hatte, ging es ihm etwas besser. Er trat vor die Hütte. Die Sonne schien, aber über Nacht waren an die dreißig Zentimeter Schnee gefallen. Thomas' Spuren von gestern waren zugedeckt, die Landschaft strahlte weiß und unberührt, als sei die Welt über Nacht neu entstanden. Er fragte sich, wie es wäre, hier den Winter zu verbringen, wenn der See zugefroren, der Schnee meterhoch liegen würde. Dann könnte er die Hütte nur noch über die Fenster im oberen Stock verlassen und sich ohne Skier oder Schneeschuhe nicht mehr fortbewegen. Die Lebensmittel würden höchstens für zwei oder drei Monate reichen und das Brennholz und das Gas wohl noch weniger lang. Er studierte die Karte, die in der Hütte hing. Nur schon zurück zum Pass zu gelangen wäre schwierig, jetzt, wo Schnee über den Karren lag und die Löcher verbarg, aber noch nicht tragfähig war. Weit und breit waren nur Berge und unbesiedelte Hochtäler zu sehen, das nächste Dorf war eine Tageswanderung entfernt. Er hätte allen Grund gehabt, sich Sorgen zu machen, trotzdem war er glücklich. Die Hütte kam ihm nicht wie ein Gefängnis vor, im Gegenteil, er fühlte sich frei wie selten zuvor. Und er hatte das absurde Gefühl, er könnte den Winter auch ohne Vorräte überstehen, wenn er sich nur ganz still und unauffällig verhielte wie die Tiere, die hier ausharrten und von wer weiß was lebten.

Die Tage vergingen unmerklich in einer ziellosen Geschäftigkeit. Immer war etwas zu tun, Thomas trug Holz in die Hütte, holte Wasser am kleinen See, sorgte sich darum, dass das Feuer nicht ausging. Er kochte auf dem Gasherd und, nachdem das Gas ausgegangen war, auf dem Holzofen. Er putzte die Hütte, holte mehr Holz aus dem Stall, machte Teig und schaffte es nach mehreren missglückten Anläufen, eine Art Fladenbrot zu backen. Es war kalt, aber wenn die Sonne schien, war ihre Strahlung so stark, dass er sich ohne Jacke vor die Hütte setzte und aus Scheiten grobe Figuren schnitzte oder in einem der Bücher las, die er gefunden hatte. Die fremden Welten der Romane interessierten ihn nicht, er studierte die Tier- und Pflanzenbücher, erfuhr, dass in der Gegend Murmeltiere und Gämsen lebten, Schneehasen, Adler, Birkhühner und Alpenschneehühner. Die Männchen der Schneehühner, hieß es, mauserten sich viermal im Jahr, die Weibchen dreimal. Sie verließen sich ganz auf ihre perfekte Tarnung und ergriffen erst die Flucht, wenn man fast auf sie trete. Dann täten sie, als seien sie verletzt, um den Räuber vom Nest wegzulocken. Sie spielten ihre Verletzung so gut, schrieb der Autor, dass er selbst jedes Mal wieder darauf hereinfalle. In einem Buch über die Talschaft las Thomas, dass schon kurz nach der letzten Eiszeit Jäger in die Gegend gekommen sein mussten. In einigen der unzähligen Höhlen waren jahrtausendealte Tierknochen gefunden worden, an denen Spuren von Werkzeug waren. Manche Alpen wurden schon seit Jahrhunderten bestoßen. Das Buch erzählte von Volksbräuchen, von seltenen Wetterereignissen und Naturkatastrophen, vom Leben auf der Alp. Manchmal komme es vor, hieß es, dass die Hirten eine Ziege in den Twärenen vergäßen oder nicht mehr fänden. Wenn die Tiere den Winter überlebten, hätten sie im Frühjahr durch den Salzmangel alle Haare verloren.

Thomas hatte die Tage nicht gezählt, aber er war bestimmt schon eine Woche auf der Alp, als der Föhn einsetzte und die Temperatur über Nacht sprunghaft anstieg. Innerhalb eines Tages war der Schnee fast geschmolzen. Überall waren jetzt die Geräusche des Schmelzwassers zu hören, ein Tröpfeln und Rinnen vom Dach, ein Plätschern und Gurgeln und Rauschen. Dazwischen war vereinzelt und aus weiter Ferne das Klappern von Treicheln zu hören, das von einer tiefer gelegenen Alp her kommen musste. Als er beim Einnachten vor der Hütte seine letzte Zigarette rauchte, hörte er von weit her einen langgezogenen Jauchzer und kurz darauf den monotonen Singsang des Alpsegens.

Thomas hatte seinen verstauchten Fuß jeden Tag mit Schnaps eingerieben. Die Schwellung war abgeklungen, der Schmerz hatte nachgelassen, und er fühlte sich so gestärkt, dass er anfing, die Gegend zu erkunden. Seine Kreise wurden von Tag zu Tag weiter. Die Alp lag am Rand einer flachen Mulde, von deren Rändern man weit in ein karges Hochtal hinuntersehen konnte. Thomas stieg ein schmales Seitental hoch, dessen eine Seite von einem hohen, unüberwindbar scheinenden Felsband begrenzt wurde. An dessen Fuß war eine riesige Geröllhalde und im Talgrund, ungefähr eine halbe Stunde von der Hütte entfernt, ein größerer See mit türkisblauem Wasser, das, wenn man sich näherte, so klar war, dass jeder Stein am Grund zu erkennen war. Am Ufer des Sees lagen noch Schneereste, aber das Wasser war weniger kalt, als Thomas gedacht hatte. Er schwamm ein paar Züge und setzte sich dann zum Trocknen auf die Felsen. Ein leichter Wind kühlte seine von der Sonnenstrahlung brennende Haut. Während er den mitgebrachten Proviant aß, schaute er sich um. Am Horizont war zwischen dem Karstdom im Norden und dem Felsband im Süden ein Übergang, eine Geröllhalde, die einen breiten Sattel bildete. Nachdem Thomas sich ausgeruht hatte, ging er weiter in Richtung des Sattels. Der Weg war steiler und weiter, als er gedacht hatte, im baumlosen Gelände waren Distanzen nur schwer einzuschätzen. Noch bevor er oben war, hörte er einen Schuss, der von den Felsen widerhallte und vervielfältigt aus allen Richtungen zu kommen schien. Er suchte mit den Augen die Gegend ab, aber er sah keinen Menschen und kein Tier, keine Bewegung. Trotzdem kehrte er um und machte sich auf den Weg zurück zur Hütte. Als er sie schon fast erreicht hatte, hörte er noch einmal zwei Schüsse in kurzem Abstand. Das letzte Stück des Weges rannte er fast. Er hatte Angst, die Jäger könnten ihn in seinem Versteck aufstöbern wie ein Wild.

Als hätte das Auftauchen der Jäger einen Bann gebrochen, war das Gefühl von Geborgenheit verschwunden, und ihm wurde bewusst, wie bedroht er hier oben war. Selbst wenn die Jäger ihn nicht entdeckten, konnte es jederzeit wieder kalt werden und zu schneien beginnen, und der nächste Schnee würde wohl liegenbleiben und nicht mehr schmelzen bis im Frühjahr. Noch an diesem Nachmittag holte er den Kamin vom Dach und deckte die Öffnung wieder mit dem Brett zu. Er schloss die Fensterläden und traute sich nur noch vor die Hütte, nachdem er sich durch die Ritzen der Läden vergewissert hatte, dass die Luft draußen rein war. Am Abend suchte er seine Sachen zusammen und packte den Rucksack.

An die erste Zeit der Trauer konnte Astrid sich später kaum erinnern. Die Episoden waren so unmittelbar und losgelöst von allem, dass sie sich nicht in die Chronologie ihres Lebens einfügen ließen. Die Trauer kam ihr vor wie ein Gewässer, in das sie immer wieder fiel. Sie konnte nicht mehr denken, nicht mehr fühlen, nicht mehr atmen, sie löste sich auf in der Schwere des anderen Elements, und auch die Zeit hatte keine Bedeutung mehr, schien nicht mehr zu existieren. Nichts drang dann zu ihr durch, ihr Geist war wie in einer Kapsel im Körper eingeschlossen, der ohne ihr Zutun weiterfunktionierte. Selbst die Kinder versorgte sie mechanisch und ohne sie recht wahrzunehmen. Wenn sie wieder auftauchte und alles vorbei war, so unerwartet, wie es begonnen hatte, blieb nur eine stumpfe Erschöpfung zurück.

Alle boten ihr Hilfe an, wollten mit ihr über das Geschehene reden, ihr beistehen, ihre Eltern, Thomas' Eltern, Manuela, Freunde und Nachbarn. Astrid wollte nicht reden. Sie tat, was nötig war, was von ihr verlangt wurde. Sie sprach mit dem Pfarrer, organisierte die Beerdigung, verschickte die Todesanzeigen, beantwortete Kondolenzschreiben. Sie sprach mit den Behörden, mit der Bank, füllte Formulare aus, machte Telefonanrufe, brachte Ordnung in Thomas' Sachen. Sie hielt sich fest an diesen konkreten Arbeiten, an der Illusion, dass selbst ein Todesfall geregelt werden konnte, dass es Abläufe gab, die das Chaos zurückführten in eine Ordnung. Dabei hatte sie immer das Gefühl, sich von außen zu sehen, als spiele sie eine Rolle in einem Film, der nichts mit ihrem Leben zu tun hatte.

Die Trauer der Kinder war schleichender als Astrids, aber sie schien umso tiefer, wie eine jener Krankheiten, die den Körper über Jahre fast unmerklich schwächen und schließlich zerstören. Die Lehrer hatten mit den Klassen geredet, hatten sie um Rücksichtnahme gebeten. Die Mitschüler von Konrad hatten ihm ein großes Blatt geschenkt, auf das jedes Kind eine Blume gezeichnet und einen Wunsch für ihn geschrieben hatte. Ella hatte eine Vielzahl bunter Briefchen nach Hause gebracht, einige hatte sie Astrid gezeigt, hilflose Kondolenzkarten, mit Glitzerstift geschrieben und mit tränenden Herzen und Klebebildchen von kleinen Tieren verziert. Dabei hatte Ella die Mutter angeschaut, als könne diese ihr sagen, wie sie damit umgehen solle. Sie haben mir Schokolade geschenkt, sagte Ella. Es ist in Ordnung, sagte Astrid nur und steckte die Karten zurück in die bunten Umschläge. Sie haben es bestimmt nicht böse gemeint.

Als es auf Weihnachten zuging und Astrid wieder einigermaßen zu sich gekommen war, schien noch alles gut zu sein. Die Kinder erstellten Wunschlisten und bastelten Weihnachtsgeschenke für die Großeltern und Paten. Ella übte für eine Rolle im Krippenspiel ihrer Schule, und Konrad half Astrid beim Keksebacken. Die Symptome ihrer Verstörung waren ganz verschieden und zeigten sich erst nach den Feiertagen, in einem nasskalten Januar und Februar. Ella las noch mehr als früher und wurde immer stiller. Sie strengte sich in der Schule an, als hinge ihr Leben davon ab, dass sie gute Noten habe und die Aufnahmeprüfung ins Gymnasium bestehe. Konrad hingegen, der immer ein guter Schüler gewesen war, gab sich keine Mühe mehr, er wurde renitent und war oft frech zu Astrid, zu seiner Schwester und seinem Lehrer.

Manchmal waren sie alle für Stunden oder Tage ein Herz und eine Seele, wenn sie an einem Freitagabend zusammen im Fernsehen einen Film anschauten, wenn sie die Großeltern besuchten, als sie über Ostern für ein paar Tage ins Tessin fuhren zu Freunden, die sie schon seit Jahren immer wieder eingeladen und deren Einladungen sie immer ausgeschlagen hatten. Dann taten sie, als sei alles so, wie es sein sollte, und ließen es sich gutgehen. Astrid achtete nicht mehr darauf, wie viele Süßigkeiten die Kinder aßen, wie lange sie am Computer spielten und wann sie ins Bett gingen. Hauptsache, sie waren zufrieden.

Auf Anraten des Schulpsychologen schickte sie Konrad in eine Therapie. Aber das änderte kaum etwas an seinem Verhalten, und nach ein paar Sitzungen weigerte er sich, weiter hinzugehen. Erst nachdem er im neuen Schuljahr in eine andere Klasse versetzt worden war und eine junge Lehrerin bekam, die eben erst ihre Praktika abgeschlossen hatte, wurde er etwas ruhiger, und seine schulischen Leistungen wurden wieder besser. Auch dass er Mitglied in einem Judoclub wurde und anfing, zweimal die Woche zu trainieren, schien ihm zu helfen. Aber es blieb bei Ella und bei Konrad ein Schatten, eine unbestimmte Traurigkeit und Verschlossenheit. Manchmal überraschte Astrid eins der Kinder dabei, wie es untätig in seinem Zimmer saß und ins Leere starrte, versunken in Gedanken, die es nicht mit ihr teilen wollte oder konnte.

Irgendwann im Sommer, als hätten sich Astrids Familie und ihre Freunde hinter ihrem Rücken abgesprochen, spürte sie aus ihrer Umgebung eine wachsende Ungeduld, und es war ihr, als werde von ihr erwartet, dass sie sich beruhigte, sich auf sich besann, wieder mehr unternahm und sich allmählich nach einem neuen Partner umschaute. Als sei es ihre Pflicht, Thomas zu vergessen und neu anzufangen. Jetzt war seit seinem Tod ja schon fast ein Jahr vergangen, sie war erst vierundvierzig, eine attraktive Frau, und auch für die Kinder wäre es besser, wieder einen Vater zu haben. Sie haben einen Vater, sagte Astrid. Niemand schien zu begreifen, dass die Beziehung zu Thomas für sie nicht zu Ende war, nur weil er nicht mehr da war.

Sie führte, ohne es zu wollen, ein Doppelleben. Sie bewältigte den Alltag, schickte die Kinder zur Schule, hielt das Haus sauber, kochte, arbeitete im Garten, half Ella bei den Hausaufgaben, die ihr mehr Mühe bereiteten, seit sie im Gymnasium war, und brachte Konrad ins Training. Sie scherzte mit den Kindern, schwatzte mit den Nachbarn, ging am Vormittag, wenn die Kinder in der Schule waren, regelmäßig ins

Schwimmbad, um einige Bahnen zu schwimmen. Aber nachts im Bett, wenn sie nicht einschlafen konnte, dachte sie an Thomas und war ganz sicher, dass er nicht tot war. Es war eher ein Gefühl als ein Gedanke. Einen Gedanken hätte sie mit Fakten widerlegen können, aber gegen ein Gefühl kam sie nicht an. Sie wollte nicht dagegen ankommen, es half ihr mehr als die Trauer, die nichts heilte, nichts erklärte, keine Hilfe war und kein Beweis. Die nächtlichen Phantasien waren keine Wunschbilder, die sie sich ausdachte, um sich zu trösten. Thomas war weg, daran bestand kein Zweifel, aber er war nicht tot. Sie sah ihn durch menschenleere Landschaften gehen, bei Regen Schutz suchen unter Vordächern, bei einer Tankstelle, in einer Kirche. Er kaufte Lebensmittel in kleinen Läden, saß in Kneipen, abseits von den anderen Gästen, übernachtete in einfachen Pensionen oder in Heuschobern. Wenn er Geld brauchte, nahm er Hilfsarbeiten an, half einem Bauern bei der Ernte, arbeitete in einer Hühnerfarm, spülte in einer Restaurantküche Geschirr. Nach einigen Wochen zog er weiter, immer zu Fuß, egal, wie schlecht das Wetter war.

Einmal wurde er von der Polizei kontrolliert. Er war den Beamten aufgefallen, weil er im Regen an der Autostraße entlangging. Der Streifenwagen hielt neben ihm an, der Beamte auf dem Beifahrersitz, der wie Patrick aussah, fragte, ob alles in Ordnung sei, und bat ihn um seinen Ausweis. Aber Thomas' Name war aus der Fahndungsdatenbank gelöscht worden, sein Fall war abgeschlossen für alle außer für Astrid.

Sie sprach mit niemandem über ihre Phantasien, nicht weil sie fürchtete, für verrückt gehalten zu werden, sondern weil sie die Bilder für sich behalten wollte, sie mit niemandem teilen mochte. Sie ahnte, dass Thomas auch für Ella und Konrad weiterlebte. Nur so konnte sie sich erklären, dass die Kinder nie über den Vater reden wollten, dass sie schwiegen oder davonliefen, wenn Astrid ihn nur erwähnte. Sie wollten nie mitkommen auf den Friedhof, und auch Astrid ging nur noch unwillig hin, um das Grab instand zu halten. Je mehr Zeit verging, desto weniger konnte sie glauben, dass Thomas hier lag. Sie kam sich immer mehr vor wie eine Betrügerin, eine Hochstaplerin, die ein leeres Grab pflegte.

Sie hatte einige verblühte Stiefmütterchen ausgegraben und auf den Kompost geworfen. Während sie Heidekraut pflanzte, hörte sie Thomas' Stimme, als stehe er hinter ihr. Lass das doch, sagte er, davon haben wir beide nichts. Komm. Sie stand auf und ging zum Ausgang des Friedhofs und auf die Straße. Erst beim Bahnhof fiel ihr auf, dass es das Dorf ihrer Jugend war, dass die Barriere noch nicht durch eine Unterführung ersetzt worden war, dass der Güterschuppen noch stand, der eines Nachts abgebrannt war, und die alte Villa mit dem verwilderten Garten neben der Post. Wenn Thomas früher irgendjemandem von ihrer ersten Begegnung erzählt hatte, hatte Astrid jedes Mal behauptet, sie könne sich nicht daran erinnern, aber jetzt sah sie die Szene ganz deutlich vor sich. Es war Frühling, sie hatte vor wenigen Wochen ihre Lehre begonnen und sich noch nicht an die langen Arbeitstage gewöhnt. Sie packte im Hinterzimmer die bestellten Bücher aus, als die Türglocke ertönte. Ihre Chefin war kurz weg, um etwas zu besorgen, also ging Astrid nach vorn. In der Mitte des Ladens, als wolle er den Büchern nicht zu nahe kommen, stand ein Bursche, kaum älter als sie. Er trat an die Theke und sagte, er suche das Zivilgesetzbuch und das Obligationenrecht. Das müssen wir bestellen, sagte Astrid. Die Chefin hatte ihr das Verzeichnis lieferbarer Bücher einmal kurz erklärt, aber sie konnte noch nicht wirklich damit umgehen und brauchte eine Weile, bis sie sich darin zurechtgefunden und den Bestellzettel ausgefüllt hatte. Sie spürte Thomas' Blicke, und jedes Mal, wenn sie aufschaute, lächelte er sie an und nickte ihr zu, wie um sie zum Weitermachen zu ermuntern. Sie fragte ihn nach seinem Namen und seiner Adresse. Da fragte auch er sie nach ihrem Namen. Astrid im Wunderland, sagte er. Nein, sagte sie, das ist Alice. Ach so, sagte er, ich habe das Buch nie gelesen. Ich auch nicht, sagte Astrid und lachte. Du liest lieber Gesetze, sagte sie, ernsthafte Sachen. Die werde ich auch nicht lesen, sagte er, die brauche ich nur für die Berufsschule. Was liest du? Das Geisterhaus von Isabel Allende, sagte Astrid. Worum geht es da? Um alles, sagte sie und lachte wieder. Eine Familiengeschichte über drei Generationen. Das ist nichts für Männer. Was sie ihm denn empfehlen würde?, fragte Thomas. Sie trat hinter der Theke hervor und tat, während sie ihn zu einem Regal führte, als spiele sie die Buchhändlerin nur. Sie kam sich selber albern vor, wie sie vor ihm herumtänzelte und Bücher aus dem Regal zog und ihre Handlung zusammenfasste, aber sie konnte nicht anders. Schließlich kaufte Thomas tatsächlich ein Buch, einen Krimi von Georges Simenon, den sie ihm empfohlen hatte, nachdem er gesagt hatte, er möge spannende Bücher. Sie wurde das Gefühl nicht los, als kaufe er das Buch nur ihr zuliebe. Wenn du es gelesen hast, dann kommst du und erzählst mir, wie es dir gefallen hat, ja?

Den Winter verbrachte Thomas im Gotthardgebiet. Die ersten Tage fand er Unterschlupf bei einem Priester, einem Kapuzinermönch, der zwei kleine Pfarreien im Tal betreute. Der Priester war ein freundlicher Mann, der sehr beschäftigt war. Er stellte keine Fragen und half ihm, eine Arbeit zu finden bei einem Schreiner im Dorf. Thomas war nicht besonders geschickt mit den Händen, aber der Schreiner hatte einen großen Auftrag in einem nahen Skigebiet bekommen und war froh um die billige Arbeitskraft. Thomas kam bei einer alten Witwe unter, die ein paar Zimmer an Dauergäste vermietete. Das Haus stand unten im engen Tal und bekam jetzt im Winter den ganzen Tag über kaum Sonne. In den schlecht beleuchteten Räumen wurde es nie richtig warm, und es roch säuerlich und nach Staub. Außer Thomas wohnten bei der Witwe noch ein Pensionär und eine junge Aushilfslehrerin, die ihr letztes Praktikum absolvierte. Wenn er von der Arbeit kam, war es schon dunkel, und wenn er in die Stube trat und Licht machte, saß dort oft der Pensionär. Das erste Mal hatte Thomas geglaubt, er habe ihn geweckt, aber dann merkte er, dass der alte Mann wach in der Dunkelheit saß, als verstecke er sich oder als sei er auf der Lauer. Thomas duschte, dann spazierte er noch ein wenig durch das Dorf oder ging auf sein Zimmer, bis es Zeit für das Abendessen war. Die Witwe war sehr sparsam, sie ermahnte Thomas bei jeder Gelegenheit, das Licht zu löschen, wenn er einen Raum verließ, und die Heizung während der Nacht herunterzudrehen. Im Zimmer neben ihm wohnte die junge Lehrerin, die sich ihm gleich mit ihrem Vornamen, Priska, vorgestellt hatte. Während des Abendessens erzählte sie mit munterer Stimme von ihren Schülern und Kollegen. Manchmal fragte die Witwe nach, wie der Lehrer heiße, der die Kinder immer fünf Minuten zu früh gehen ließ, oder ob immer noch die Frau des Rektors die Schulbibliothek betreue. Dann erzählte sie, dass diese Frau die Tochter des Bahnhofvorstehers sei, der im gelben Haus am Ende des Dorfes wohne, dass dessen Frau die Schwester des Bäckers sei und unter Multipler Sklerose leide, dass der Bruder der Lehrerin in Luzern das Priesterseminar besucht, dann aber geheiratet habe und jetzt in einer Werbeagentur in Zürich arbeite, endlose und verwickelte Familiengeschichten, bei denen Thomas bald den Überblick verlor und von denen in ihm nur der Eindruck zurückblieb, jeder sei hier mit jedem verwandt oder verschwägert. Manchmal erzählte die Witwe auch von ihrem hochbegabten Sohn, der in der Finanzindustrie arbeitete und in London lebte. Sie sprach begeistert über ihn und seine Leistungen und sein hohes Gehalt, aber Thomas hatte das Gefühl, es wäre ihr insgeheim lieber gewesen, der Sohn wäre im Dorf geblieben und hätte ein bescheideneres Leben in ihrer Nähe geführt.

Priska fuhr an den Wochenenden oft ins Unterland, und obwohl Thomas sie während der Woche nur bei den Mahlzeiten sah, vermisste er sie dann. Wenn er spät am Sonntagabend hörte, wie sie zurückkam und in ihr Zimmer und später ins Bad ging, das sich die drei Hausgäste teilten, empfand er ein Gefühl der Geborgenheit und der Wärme.

Am Morgen war Thomas der Erste im Bad. Seit er

aufgebrochen war, hatte er sich nicht mehr rasiert, inzwischen war sein Bart so lang, dass ihm sein Gesicht im Spiegel fremd erschien und älter, als er es in Erinnerung gehabt hatte.

Er hatte aus der Alphütte die halbvolle Flasche Träsch mitgenommen. Sie stand in seinem Kleiderschrank, aber er rührte sie nicht an. Er hatte aufgehört, Alkohol zu trinken, nicht aus einem Entschluss, er hatte einfach kein Bedürfnis mehr, sich zu betäuben. Auch das Lesen hatte er aufgegeben, nicht einmal mehr die Zeitung schaute er an. Selbst das Transistorradio, das in seinem Zimmer stand, schaltete er kaum ein, sogar Musik kam ihm nur noch vor wie eine Ablenkung vom Wesentlichen. Die Arbeit beim Schreiner hingegen gefiel ihm, so eintönig sie meist war. Überhaupt mochte er die Regelmäßigkeit der Tage, die festen Abläufe, die morgendlichen Fahrten zur Baustelle im Urserental, die Mittagessen mit den Kollegen am immer gleichen Tisch im immer gleichen Restaurant, und abends die Fahrten die Schöllenen hinunter ins schattige Tal.

Ende November war Priskas Geburtstag. Sie sagte es ganz beiläufig beim Abendessen, heute ist übrigens mein Geburtstag. Alle gratulierten ihr, und nach dem Essen holte die Witwe eine Packung Vanilleeis aus dem Tiefkühler, das voller Eiskristalle war und einen pappigen Beigeschmack hatte. Damit schien die Sache erledigt zu sein. Aber nachdem sie alle zusammen das Geschirr in die Küche getragen und in den Geschirrspüler geräumt und die Witwe und der Pensionär sich in die Stube vor den Fernseher gesetzt hatten, fragte Priska, ob Thomas mit ihr ein Bier trinken komme. Sie lade ihn ein zur Feier des Tages. Sie schlichen sich aus dem Haus, als täten sie etwas Verbotenes.

Thomas war es nicht mehr gewohnt, Konversation zu machen. Außer mit dem Schreiner und seinen Kollegen, die ihm Anweisungen gaben und seine Arbeit kommentierten, sprach er den ganzen Tag lang wenig. Auch bei den Mahlzeiten hörte er lieber zu, als selbst etwas zu erzählen. Erst schien Priska sein Schweigen gar nicht zu bemerken, sie hatte selbst so viel zu erzählen, aber nachdem sie das zweite Bier bestellt hatten, entstand ein Moment der Stille. Da fragte sie, redest du immer so wenig? Ich weiß nicht, sagte Thomas. Ich habe nicht viel zu erzählen. Du kommst aus der Ostschweiz? Aus dem Thurgau. Hast du Familie? Er zögerte, als müsse er nachdenken. Ja, sagte er dann, seine Stimme klang erstaunt, als sei er selbst überrascht von seiner Antwort. Er sah in Priskas Blick, dass sie gerne weiter gefragt hätte. Und du?, fragte er deshalb, hast du einen Freund? So was in der Art, sagte sie zögernd. Rate mal, wie alt ich geworden bin. Es war ihr dreißigster Geburtstag, deshalb mussten sie drei Gläser Bier trinken, eins für jedes Jahrzehnt. Oder sollen wir eins für jedes Jahr trinken?, fragte Priska lachend. Thomas spürte den Alkohol. Es war noch nicht zehn, als er sagte, es sei Zeit für ihn, er müsse morgen wieder früh raus.

Auf dem Nachhauseweg erzählte Priska, ihr Hobby sei Kitesurfen, und da Thomas nicht wusste, was das war, erklärte sie es ihm. In der Pension waren alle Lichter gelöscht. Sie wagten nur noch zu flüstern und schlichen durch das dunkle Haus zu ihren Zimmern. Letztes Jahr war ich in Irland Kitesurfen, flüsterte Priska schnell. Ihre Stimme klang atemlos. Auf Achill Island, das ist eine Insel an der Westküste, magst du die Bilder sehen?

Sie saßen nebeneinander auf dem Bett, Priska hatte ihren Laptop auf den Knien und zeigte ihm Fotos von einer öden Landschaft. Ein See, auf dem Surfer zu sehen waren, die sich von Lenkdrachen über das Wasser ziehen ließen, meist waren sie so weit entfernt, dass sie kaum zu erkennen waren. Sonst waren keine Menschen auf den Bildern, nur immer wieder zottelige Schafe mit schwarzen Köpfen und bunten aufgesprühten Farbmarkierungen, ganze Herden oder einzelne Muttertiere mit ihren Lämmern. Weiße Häuschen, die verstreut in der überdimensionierten Landschaft standen, Ruinen von Ställen, zusammengezimmerte Zäune, hohe Klippen und darunter das Meer, eine endlose Fläche, die sich am Horizont in der Helligkeit des Himmels verlor. Die Landschaft übte eine starke Anziehung auf Thomas aus, es schien ein Ort des Abschieds und zugleich der Ankunft zu sein.

Obwohl es kühl war im Zimmer, hatte Priska ihren Pullover ausgezogen. Darunter trug sie ein ärmelloses T-Shirt. Durch den dünnen Stoff zeichnete sich ihr mit Spitzen besetzter BH ab. Thomas spürte den Druck ihres Oberarms gegen seinen und auf seinem Oberschenkel die Berührung ihrer Hand, die den Laptop hielt. Er roch Priskas Haar, ihren Körper und einen Anflug von Seife. Er wandte sich ihr zu. Sie nahm den Blick nicht vom Bildschirm, aber in ihrer Haltung war jetzt eine Anspannung, als bereite sie sich auf eine kraftvolle Bewegung vor. Als er ihren Hals küsste, spürte er ein leichtes Beben durch ihren Körper gehen.

Thomas lag im Bett, es war nach Mitternacht, aber er konnte nicht einschlafen. Er dachte an Astrid, daran, wie sie sich kennengelernt und wieder aus den Augen verloren hatten. Er hatte sich, als er sie zum ersten Mal in der Buchhandlung sah, sofort in sie verliebt und war von da an regelmäßig in den Laden gegangen, um sie zu sehen. Er war nie ein großer Leser gewesen, aber die Freude, die ihm ihre Gespräche bereiteten, entschädigte ihn für die Lesearbeit. Anfangs empfahl sie ihm vor allem Kriminalromane, mit der Zeit mutete sie ihm auch schwierigere Bücher zu, Klassiker oder zeitgenössische Romane und Erzählungen, die er gewissenhaft las, um ihr in der Woche darauf von seinen Leseerlebnissen zu berichten. Er war damals ziemlich schüchtern gewesen und hatte nie gewagt, sie zu fragen, ob sie mit ihm ausgehen wolle oder wenigstens einen Kaffee trinken. Vielleicht genügten ihm auch die Begegnungen im meist leeren Laden, die intimer waren, als ein Treffen in der Öffentlichkeit es hätte sein können. Wenn die Besitzerin der Buchhandlung ihn eintreten sah, rief sie nach Astrid, die oft im Hinterzimmer arbeitete. Dein Kunde ist da, rief sie mit einem Lächeln und verschwand dann selbst im Hinterzimmer, um den beiden ihre Ruhe zu lassen. Manchmal kam es Thomas vor, als sei die Buchhandlung nur für ihn und Astrid da, ein heimlicher Treffpunkt in einer sonst viel zu lauten und hellen Welt.

Mit der gemeinsamen Lektüre veränderten sich ihre Gespräche. Nachdem sie beide Die Kunst des Liebens von Erich Fromm gelesen hatten, diskutierten sie wochenlang über Liebe und Beziehungen. Thomas hätte gerne geglaubt, dass reife Liebe nicht auf Erotik beruhte und dass sie keine Liebe zu einem einzelnen Menschen, sondern zur ganzen Welt war, aber alles in ihm widersprach den Ansichten des berühmten Psychologen. Man liebt, worum man sich bemüht, und man bemüht sich um das, was man liebt, sagte Astrid, und er verstand es als eine versteckte Botschaft, von der er nicht wusste, was sie bedeutete.

Alles hätte noch lange so weitergehen können, wenn Astrid ihm nicht eines Tages ganz beiläufig von einem Freund erzählt hätte, mit dem sie in den Sommerferien nach Italien fahren werde. Er hatte immer gedacht, es sei zu früh, ihr seine Liebe zu gestehen, jetzt war es plötzlich zu spät. Die ganzen Sommerferien überlegte er sich, was er Astrid sagen würde, wenn er sie wieder träfe, aber als er sie Ende August endlich wiedersah, braungebrannt und frisch und lächelnd, brachte er nichts von dem heraus, was er sich zu sagen vorgenommen hatte. Stattdessen kaufte er das Buch, das sie ihm empfahl, Der schöne Sommer von Cesare Pavese, und durchsuchte es in der folgenden Woche nach versteckten Mitteilungen.

Eine Zeitlang bewegten sie sich im selben Freundeskreis. Thomas litt, wenn er Astrid mit ihrem Freund zusammen sah, aber wenn er sie nicht sah, litt er noch mehr. Dann schloss er die Lehre ab und musste zum Militär. Als er zurück ins Dorf kam, war Astrid mit ihrem Freund in die Stadt gezogen. Thomas arbeitete weiter in der Firma, in der er die Lehre gemacht hatte. Der Kontakt zu Astrid war von da an nur noch lose, sie schrieben sich Postkarten aus den Ferien und gelegentlich kurze Briefe voller Alltäglichkeiten und Floskeln. Wenn Astrid im Dorf war, um ihre Eltern zu besuchen, sahen sie sich manchmal bei Festen oder auf der Straße. Thomas hatte inzwischen selbst eine Beziehung, eine halbherzige Sache mit einer Frau aus dem Volleyballclub, in dem er Mitglied geworden war. Er bemühte sich ohne großen Erfolg, seinen Mangel an Liebe mit Erich Fromms Philosophie wegzuerklären. Als die Frau sich nach einem Jahr von ihm trennte, litt er trotzdem wie ein Hund.

An ihrem fünfundzwanzigsten Geburtstag gab Astrid eine Party und lud Thomas dazu ein. An dem Abend erfuhr er, dass sie sich von ihrem Freund getrennt hatte und allein war. Da traute er sich endlich, sie zu fragen, ob er sie zum Essen einladen dürfe.

Es gab gute Tage und schlechte Tage. Die Trauer wurde nicht schwächer, aber sie überfiel Astrid seltener. Es kam vor, dass sie den ganzen Tag lang nicht an Thomas dachte, erst nachts im Bett, wenn sie sich vorstellte, wie sie mit ihm schlief. Es war jedes Mal dieselbe Szene, sie lag auf dem Bett, Thomas kniete neben ihr. Sie schwiegen beide. Er entkleidete sie vorsichtig, als packe er einen empfindlichen Gegenstand aus. Dabei hielt er immer wieder inne, um sie zu betrachten, sie zu berühren, wie um sich ihrer zu versichern. Sie lächelte, und er lächelte auch. Dann zog er sich aus und legte sich auf sie. Ihre Bewegungen waren langsam, es war, als sprächen sie miteinander, nicht im Wechselspiel, sondern in einer Sprache, in der sie gemeinsam die Sätze bildeten, die zugleich

Frage und Antwort waren. Wenn Astrid die Augen schloss, war es ihr, als fülle Thomas sie ganz aus. Während ihre Erregung langsam abebbte, verblasste auch sein Bild, löste sich auf in der Dunkelheit und hinterließ nur eine Art Halo, und wenn auch dieser Schein verschwunden war, eine große Leere, die sie auszusaugen schien.

Schon als sie zum allerersten Mal miteinander geschlafen hatten, war Astrid zum Höhepunkt gekommen, obwohl sie beide aufgeregt gewesen waren. Sie waren an dem Abend zusammen ins Kino gegangen und danach in einen Pub. Sie hatten nicht viel getrunken, weil Thomas noch fahren musste, trotzdem war es Astrid im Auto vorgekommen, als sei sie betrunken. Es war nach Mitternacht, als Thomas vor dem Mietshaus anhielt und dann einfach mitkam in ihre Wohnung. Die Spannung war so groß, dass es gar keine andere Möglichkeit gab, als sich zu berühren, sich aneinander festzuhalten. Danach war alles einfach gewesen. Wirklich?, fragte Thomas. Kommst du immer so schnell? Astrid lächelte und zuckte mit den Schultern. Sie wollte nicht reden und stand auf und ging, ohne Licht zu machen, in die Küche, um sich ein Glas Wasser zu holen. Thomas folgte ihr. Als sie am Spülbecken stand, umarmte er sie von hinten und sie spürte, dass er immer noch erregt war. Komm schnell, sagte er. Sie drehte sich um, trank, die Arme ganz nah am Körper, als wolle sie sich schützen, einen Schluck Wasser und reichte ihm das Glas. Er stellte es auf die Theke und nahm sie bei der Hand, und gemeinsam gingen sie ins Schlafzimmer zurück. Dieses Bild blieb Astrid von ihrer ersten Nacht: wie sie nackt und Hand in Hand durch die Wohnung gingen.

Später erzählte Thomas ihr, dass er sie von Anfang an geliebt, dass er sich nach ihr verzehrt habe. Er tat es ohne Wehleidigkeit, eher mit dem Stolz eines erfolgreichen Langstreckenläufers, der die Qualen eines überstandenen Marathons beschreibt. In seinem Tonfall hörte Astrid, dass er von ihr wissen wollte, ob es auch ihr so ergangen sei, ob auch sie ihn geliebt, von ihm geträumt, ihm heimlich Zeichen gegeben hatte. Sie war so müde, dass sie immer wieder wegdämmerte und manchmal nicht wusste, ob sie geschlafen, ob sie Thomas' Worte tatsächlich gehört oder nur geträumt hatte. Bist du noch da?, fragte er. Ja, sagte sie. Sonst sagte sie nichts. Sie hörte zu, wie er ihre ersten Treffen in der Buchhandlung beschrieb, einen Maskenball im Saal des Restaurants Traube, einen Konzertbesuch mit ihr und ihrem Freund in der Stadt. Sie erinnerte sich an die Anlässe, aber Thomas' Geschichte war eine ganz andere als ihre, eine Geschichte voller Liebe und Verzweiflung und Hoffnung, in der jedes Wort, jeder Gesichtsausdruck, jede Geste eine Bedeutung hatte. Hatte sie nichts bemerkt, gar nichts? Nein, hätte sie sagen müssen. Ich habe dich gemocht, aber ich war nicht in dich verliebt und von deiner Verliebtheit habe ich nichts gespürt. Und warum hatte sie ihn dann mit in ihre Wohnung genommen? Nicht alles, was man tat, hatte einen Grund. Es war kein großer Entschluss gewesen, eher eine Reihe kleiner, zielloser Entscheidungen, Nachlässigkeit vielleicht, ein Nachgeben. Die Hand nicht zurückziehen, wenn er sie in seine nimmt, den Kopf nicht wegdrehen, wenn er sie küssen will, im Auto sitzen bleiben, bis er den Motor abstellt, nichts sagen, wenn er mit einem aussteigt, hinter einem die Treppe hochgeht, mit in die Wohnung kommt. Ich konnte mir dich nie beim Sex vorstellen, sagte Thomas, seinen Kopf in ihrem Schoß. Ich weiß nicht, warum, ich konnte es einfach nicht. Nicht einmal nackt konnte ich mir dich vorstellen. Sie wusste nicht, ob seine Worte als Kompliment gemeint waren oder eine bloße Feststellung waren, ob er eine Antwort von ihr erwartete und welche. Sie wäre nicht einmal auf die Idee gekommen, sich Thomas nackt vorzustellen oder beim Sex. Überhaupt stellte sie sich nicht viel vor, plante nicht voraus, hinterfragte die Vergangenheit nicht. Wenn Thomas über ihre Beziehung sprach, auch später, als sie schon lange zusammen waren, wunderte sie sich immer darüber, wie kompliziert alles war in seinem Kopf. Aber sie mochte diese Geschichten, dieses Gefühl, dass ihre Liebe eine eigene komplexe Welt war, etwas Bedeutendes und

Unausweichliches. Du bist so schön, wenn du kommst, sagte er. Dieses Lächeln, die Bewegungen deines Körpers. Er konnte nicht aufhören zu reden. Bist du noch da? Ja. Ich liebe dich. Ich muss jetzt schlafen, sagte Astrid. Deine Arme, sagte er, deine schönen Arme, deine Schultern, dein Rücken, die Grübchen über deinem Hintern. Wirklich, sagte Astrid. Sie machte kurz Licht, um den Wecker zu stellen, dann knipste sie die Nachttischlampe gleich wieder aus und drehte sich von Thomas weg. In der Dunkelheit spürte sie seine Hände, seinen warmen Körper, seinen Atem, seine Küsse. Sie liebten sich noch einmal, heftiger als zuvor, es war ein stummes Ringen, als könnten sie sich nicht nahe genug kommen. Astrid spürte ihren Körper nicht mehr als Ganzes, nur noch in seinen Einzelteilen, in Thomas' Berührungen, seinem Gewicht, seiner Kraft, mit der er ihre Hände über dem Kopf festhielt.

Sie lag in der Dunkelheit und musste lächeln, wenn sie an diese erste Nacht mit Thomas dachte. An die Mischung von Triebhaftigkeit und vorsichtiger Zärtlichkeit, mit der er sie erforscht und dann genommen hatte. Danach hatte es noch eine ganze Weile gedauert, bis sie ein Paar geworden waren.

Thomas stand früh auf und packte seinen Rucksack. Er besaß nicht viel mehr als vor zwei Monaten, als er eingezogen war. Die Witwe war schon in der Küche und las die Lokalzeitung. Thomas sagte, er müsse weiter. Sie tat kompliziert, sagte, das hätte er ihr früher mitteilen müssen, so kurzfristig könne sie das Zimmer nicht weitervermieten. Sie schaute Thomas vorwurfsvoll an. Er schlug ihr vor, die halbe Miete für die nächste Woche zu bezahlen, und sie akzeptierte das Angebot schließlich, nicht ohne noch einmal zu klagen über die Unannehmlichkeiten, die ihr durch seinen Auszug entstünden. Dann bot sie ihm doch einen Kaffee an, vermutlich wollte sie den Grund für seine Abreise aus ihm herauskriegen. Er lehnte dankend ab, zahlte die Rechnung und ging.

Der Schreiner war ebenfalls nicht erfreut über die Kündigung. Er lobte Thomas' Leistungen und seinen Einsatz und bot ihm sogar eine Lohnerhöhung an. Und was hast du jetzt vor?, fragte er, nachdem er begriffen hatte, dass Thomas nicht umzustimmen war. Ich muss weiter, sagte Thomas.

Für die Strecke, die sie im Auto des Schreiners jeweils in weniger als einer Viertelstunde zurückgelegt hatten, brauchte er zu Fuß mehr als zwei Stunden. Der Wanderweg war von Schnee bedeckt, und er musste der Straße folgen, die sich in Serpentinen die enge Schlucht hinaufwand und immer wieder durch Galerien und Tunnel führte. An manchen Stellen gab es keine Gehsteige, und in den Tunneln musste er sich manchmal eng an die Wand drücken, wenn ein Reisebus hupend an ihm vorbeibrauste. Kurz nachdem Thomas aus der letzten Galerie hinausgetreten war und das Hochtal sich vor ihm geöffnet hatte, hielt ein Streifenwagen neben ihm an. Der Beamte auf dem Beifahrersitz kurbelte das Fenster herunter und fragte, ob alles in Ordnung sei. Nicht gerade Wanderwetter, sagte er, und bat ihn um seinen Ausweis. Er schaute ihn sich nur kurz an, reichte ihn zurück und wünschte einen schönen Tag.

Den Rest des Winters arbeitete Thomas als Küchenhilfe in einem Gasthof, in dem er auch ein Personalzimmer bezog. Der Chef, ein Israeli, der die Tochter des Besitzers geheiratet und später den Betrieb übernommen hatte, bezahlte ihm ein angemessenes Gehalt, das er erhöhte, nachdem Thomas von Woche zu Woche anspruchsvollere Aufgaben übernahm. An dir ist ein Koch verlorengegangen, sagte David. Manchmal spürte Thomas, wie der Chef ihn beobachtete, aber der Grund des Interesses schien weniger Neugier als Anteilnahme zu sein. David erzählte dann von seiner ersten Zeit in der Gegend, von der Mühe, die es ihn gekostet hatte, sich hier einzuleben, sich an die Menschen, an die Landschaft, an das Klima zu gewöhnen. Er und seine Frau hatten einen fünf- und einen siebenjährigen Jungen, die sich oft in der Wirtschaft oder in der Küche herumtrieben.

Dann war es Thomas, der David beobachtete und sich wunderte über die zärtliche, fast mütterliche Art, mit der er die Kinder behandelte.

Als die Skisaison im April zu Ende ging und die Gäste ausblieben, hatte Thomas einiges zusammengespart. David fragte ihn, was für Pläne er habe. Thomas sagte, er wolle über den Gotthard und weiter nach Süden.

Der Straßendienst hatte schon vor Wochen mit der Schneeräumung begonnen, aber der Pass würde frühestens an Pfingsten geöffnet werden. Thomas wartete ein paar regnerische Tage ab, die er zum größten Teil in seinem Zimmer verbrachte. Als das Wetter besser wurde, machte er sich auf. David hatte ihm ein üppiges Lunchpaket vorbereitet, und er und seine Frau und sogar die Kinder umarmten ihn zum Abschied vor dem Restaurant, als gehöre er zur Familie.

Kurz bevor die Pass- von der Talstraße abzweigte und den Berg hochführte, stand eine kleine Kapelle. Hier trennt der Weg, o Freund, wo gehst Du hin?, stand über dem Eingang. Willst du zum ew'gen Rom hinunterziehn? Hinab zum heil'gen Köln, zum deutschen Rhein, nach Westen weit in's Frankenland hinein? Nach Monaten des Stillstands empfand Thomas endlich wieder das Hochgefühl des Unterwegsseins, die Freude an einer Zukunft, die nicht vorgegeben war und die mit jedem Schritt eine andere Wendung nehmen konnte.

Die Wiesen im Tal waren bereits grün, aber nicht weit über dem Dorf war die Passstraße mit einer Barriere abgesperrt. Je höher er stieg, desto mehr Schnee lag, erst nur in Senken und an Schattenhängen, weiter oben war es eine geschlossene Decke. Während es in den vergangenen Tagen im Tal unten geregnet hatte, war hier die bereits geräumte Straße noch einmal zugeschneit worden. Nicht weit vor der Passhöhe traf Thomas auf Arbeiter, die gerade beim Mittagessen waren und neben riesigen Schneefräsen in der Sonne saßen. Er fragte sie nach dem Zustand des Weges, und sie warnten ihn vor einer Stelle, an der sich vor wenigen Tagen ein Schneebrett gelöst hatte und die noch immer nicht sicher war. Sie schienen sich nicht über sein Erscheinen zu wundern. Vielleicht gab es viele wie ihn, dachte Thomas, war er Teil einer über die Welt verstreuten Bruderschaft von Wanderern. Er dachte an die Wanderungen der Tiere, die Fisch- und Vogelzüge von Kontinent zu Kontinent, die Bewegung überall auf der Welt, die ihm natürlicher erschien als die Sesshaftigkeit.

Die Straße verlief zwischen meterhohen Schneemauern. An den Hängen waren immer wieder Kegel von Lawinenabgängen zu sehen, an manchen Stellen hatten es die harten Schneeknollen bis zur Straße geschafft.

Auf der Passhöhe blies ein kräftiger, kalter Wind. Der Himmel war tiefblau, und Thomas spürte das

Brennen der Sonnenstrahlung im Gesicht. Er breitete seine Jacke auf dem Schnee aus und setzte sich hin, um etwas zu essen. Er schaute nach Süden, sein Blickfeld war wie umflort vom gleißenden Licht.

Inzwischen musste Astrid nachrechnen, wenn jemand sie fragte, wie lange Thomas schon tot war. Er ist vor zwei Jahren gegangen, sagte sie dann, vor drei Jahren, vor sechs Jahren. Aber sie trug den Ehering, im Telefonbuch standen ihre beiden Namen, und wenn sie irgendwo ihren Familienstand angeben musste, kreuzte sie noch immer verheiratet an. Der Beamte der Steuerbehörde korrigierte den Eintrag jedes Mal, ohne nachzufragen, in verwitwet, ein Wort, an das Astrid sich ebenso wenig gewöhnen konnte wie an das Wort Halbwaisen für ihre Kinder.

Konrad hatte die obligatorische Schulzeit abgeschlossen und eine Lehrstelle bei einer Versicherung gefunden. Den Sommer über wollte er jobben, um Geld für einen Roller zu sparen. Jetzt erst fragte er manchmal nach dem Vater. Astrid erzählte dann die eine oder andere Geschichte, aber jedes Mal wurde ihr schmerzlich bewusst, wie wenig sie über Thomas wusste, wie wenig das, was sie wusste, ihm gerecht wurde, ihn fassen konnte. Jede Geschichte war wie ein Verrat an ihm, jede Erzählung war eine Entscheidung, so war es, so würde es für immer erinnert werden. Vielleicht war es auch ganz anders, sagte sie. Sie sagte, du kommst nach ihm, und Konrad schien sich darüber zu freuen.

Ella hatte die Matura bestanden. Im Herbst würde sie ein Romanistikstudium beginnen. Sie wäre gerne für einen oder zwei Monate nach Frankreich gegangen, um die Sprache besser zu lernen. Sie hatte sich Informationen von verschiedenen Sprachschulen kommen lassen und zeigte der Mutter die bunten Prospekte, in denen fröhliche junge Menschen zu sehen waren, die in Klassenzimmern saßen, auf Pferden ritten, auf Surfbrettern standen. Astrid schaute sich nur die Preislisten an. Das können wir uns nicht leisten, sagte sie, warum suchst du dir nicht eine Stelle als Au-pair? Sie hatten sich nach Thomas' Verschwinden trotz der Rente einschränken müssen. In den ersten Jahren war Astrid oft von Freunden gefragt worden, ob sie nicht wieder arbeiten wolle. Da gab es eine Stelle, und dort suchte jemand eine Person, die im Büro aushalf. Als ihre ehemalige Chefin aus Altersgründen die Buchhandlung aufgab, fragte sie Astrid, ob sie den Laden nicht übernehmen wolle. Aber auch nachdem die Kinder älter und selbständiger geworden waren, bemühte sie sich nicht um eine Stelle. In Wirklichkeit wollte sie nicht wieder arbeiten. Sie war nicht depressiv, wie Manuela meinte, wenn sie die Kinder gelegentlich hütete, damit Astrid für ein paar Tage irgendwohin fahren konnte. Vielleicht will ich einfach nicht, dass sich irgendetwas ändert, sagte sie. Damit würdest du endlich anerkennen, dass dein Mann tot ist, sagte Patrick. Spiel nicht den Psychologen, sagte Astrid, als Polizist gefällst du mir besser. Außerdem willst du ja auch nicht, dass sich etwas ändert. Dann sind wir uns ja einig, sagte Patrick.

Später spazierten sie am Seeufer entlang und redeten über ihre Kinder wie zwei alte Freunde. Es schadet Ella nicht, wenn sie merkt, dass wir uns nicht alles leisten können, sagte Astrid. Es geht uns ja nicht schlecht. Ich verstehe, dass sie enttäuscht ist, sagte Patrick. In ihrem Alter will man einfach dazugehören. Aber das entschuldigt ihre Worte nicht, sagte Astrid. Ein Arschloch hatte Ella ihren Vater genannt. Nur weil dieses Arschloch uns hat sitzenlassen, hatte sie gesagt, kann ich den Sprachaufenthalt nicht machen. Dann war sie davongerannt und hatte sich in ihrem Zimmer eingeschlossen. Astrid hatte ihr das Taschengeld für den nächsten Monat gestrichen. Manchmal bist du furchtbar hart, sagte Patrick. Im Grunde hat Ella doch recht, auch wenn sie es natürlich nicht so hätte sagen sollen. Fang du jetzt nicht auch noch damit an, sagte Astrid und beschleunigte ihre Schritte, als wolle sie vor ihm davonlaufen oder vor dem, was er sagte. Auch Patrick ging schneller. Du lässt nichts auf ihn kommen, sagte er, gib doch endlich zu, dass er sich wie ein Schwein benommen hat. Astrid sagte nichts mehr.

Irgendwann schlief der Kontakt zu Patrick ein, es war kein bestimmter Moment, Astrid konnte noch nicht einmal sagen, wer von ihnen sich nicht mehr gemeldet hatte. Sie kaufte sich einen Hund.

Die Wochen vergingen, die Monate und Jahre. Konrad schloss seine Lehre ab und zog in die Stadt, Ella ging nach Lyon, um ihren Master zu machen. Das war die Zeit, in der Astrid sich manchmal fragte, ob es nicht besser gewesen wäre, sie hätte Thomas nie getroffen und einen anderen Mann geheiratet, der jetzt noch bei ihr wäre. Aber sie verwarf den Gedanken immer bald, Thomas ließ sich nicht aus ihrem Leben entfernen wie ein unnütz gewordener Gegenstand, er war ein Teil von ihr, wie sie ein Teil von ihm war, egal, was geschehen war und was geschehen würde.

Ella kehrte aus Lyon zurück, schwanger von einem Mann, mit dem sie nicht zusammenleben mochte. Sie nahm eine Stelle als Lehrerin an. Nachdem sie sich jahrelang kaum bei der Mutter gemeldet hatte, war sie jetzt froh, wenn Astrid das Kind hütete. Zwei Tage in der Woche war Emilie bei der Großmutter, als sie in den Kindergarten kam, nur noch zwei Nachmittage. Konrad heiratete eine Frau, die sieben Jahre älter war als er und keine Kinder wollte. Sie machten zusammen eine Weltreise, die ein Vermögen gekostet haben musste. Er hatte die Mutter bisher jede Woche angerufen. Bevor er auf die Weltreise ging, richtete er ein Skypekonto für sie ein, aber nachdem sie ein paarmal geskypt hatten, bat Astrid ihn, sie wieder anzurufen, weil er ihr so näher sei. Geht es dir gut?, fragte er. Ja, sagte sie. Es geht mir gut.

Die Jahre hatten keine Chronologie, die Reisen keine Richtung, die Orte keinen erkennbaren Zusammenhang. Thomas nahm Hilfsarbeiten an, die ihm gerade genug Geld einbrachten, um die Zeiten zu überbrücken, in denen er nichts verdiente, sich ausruhte oder weiterbewegte. In Italien arbeitete er schwarz, bis er erwischt wurde und gehen musste, in Frankreich beschaffte er sich neue Papiere von Menschen, mit denen er lieber nichts zu tun gehabt hätte. Er arbeitete als Hausmeister in einem Fashion-Outlet irgendwo im Niemandsland, dann in einer Autobahnraststätte als Putzkraft. Als er genug hatte von der Provinz, zog er nach Lyon und fuhr Brot aus für eine Großbäckerei. Er musste sehr früh aufstehen, dafür hatte er die Nachmittage frei. Einmal hatte er einen kleinen Unfall, nichts Schlimmes, aber die Polizei fand heraus, dass er keinen Führerschein besaß, und er verlor die Stelle. Eine Zeitlang arbeitete er gar nicht, trank zu viel und wohnte in immer schäbigeren Zimmern. Dann fing er sich, half erst in einer Obdachlosenküche aus und fand später wieder eine Stelle in einem Restaurant. Ein Jahr lang wohnte er auf der irischen Insel, von der ihm die junge Lehrerin damals Fotos gezeigt hatte, jedenfalls war er sich ziemlich sicher, dass es dieselbe Insel war. Die Bilder der Landschaft, der Klippen, der Schafe mit den schwarzen Köpfen, des unendlichen Meeres, das zugleich Fernweh in ihm hervorrief und Geborgenheit erzeugte, hatte er nie vergessen, nur an den Namen der Insel konnte er sich ebenso wenig erinnern wie an jenen der Lehrerin. Als er dort keine Arbeit mehr fand, ging er zurück auf den Kontinent, erst wieder nach Frankreich, dann nach Deutschland. Dann und wann hatte er Affären mit Frauen, die meist nicht weniger verloren waren als er. Manchmal gelang es ihm, für kurze Momente der Erregung nicht an Astrid zu denken. Aber schon wenn er von den fremden Frauen abließ, fiel sie ihm wieder ein, und er schämte sich für seine Untreue und machte sich davon. Auch Freundschaften entstanden in all den Jahren kaum. Er vertrug sich mit fast allen Leuten, mit denen er zu tun hatte, aber er hatte kein Bedürfnis, irgendjemandem näherzukommen. Am besten verstand er sich mit Kindern, denen er erzählen konnte, was er wollte. Der Gedanke, dass seine eigenen Kinder inzwischen erwachsen waren, befremdete ihn, und es gelang ihm nicht, sich zu diesen Erwachsenen hingezogen zu fühlen, es war ihm im Gegenteil, als hätten sie ihm etwas geraubt. Wenn er an sie dachte, dann immer an die Kinder, die sie gewesen waren, als er sie verlassen hatte. Die letzten Ferien fielen ihm ein, die sie zusammen verbracht hatten, und er erinnerte sich an das Gefühl, das ihn schon damals immer wieder überfallen hatte, dass er ihnen nicht nah genug sein konnte, dass sie sich immer weiter von ihm entfernten, als folgten sie einem Naturgesetz.

Ein paar Jahre lang hatte er einen Hund, einen Streuner wie er, der ihm gefolgt war und den er bei sich behielt, obwohl er ihm ziemlich viele Unannehmlichkeiten bereitete. Eines Nachts starb der Hund, nachdem er schon tagelang nichts mehr gefressen hatte. Thomas begrub ihn im Dickicht am Rand einer Landstraße. Das war in Griechenland. Weiter kam er nicht, er wollte Europa nicht verlassen, der Rest der Welt kam ihm zu einsam vor, zu weit weg von zu Hause.

In der Wahl seiner Ziele ließ er sich von seinen Gefühlen leiten. Manchmal zog es ihn nach Süden, dann wieder nach Norden, manchmal näherte er sich der Heimat, dann entfernte er sich von ihr. Die Grenze der Schweiz überschritt er all die Jahre nicht, aber auch das war keine Entscheidung, es ergab sich, wie sich alles ergab. Nicht alles, was man tat, hatte einen Grund.

Es war Ende Mai, vor zwei Monaten hatte Thomas Geburtstag gehabt und das Rentenalter erreicht, aber in seinem falschen Pass war er zwei Jahre jünger. Als die Fälscher ihn nach seinem Geburtsdatum gefragt hatten, hatte er jenes von Astrid angegeben, er konnte nicht sagen, weshalb.

Den Winter über war er in Spanien gewesen, hatte nördlich von Barcelona ein Ferienhaus gehütet, das einem seiner früheren Arbeitgeber gehörte. Vor zwei Wochen war er in die Stadt gefahren und hatte den erstbesten Fernbus genommen, der ihn nach Freiburg im Breisgau brachte. Obwohl er Rückenprobleme hatte und nicht schwer heben durfte, nahm er eine Stelle in einem Malergeschäft an, nach den untätigen Monaten in Spanien brauchte er dringend Geld, und eine andere Arbeit fand er auf die Schnelle nicht.

Es war ein kalter, regnerischer Tag. Thomas stand auf einem Gerüst und strich die Dachuntersichten eines Einfamilienhauses. Weiter unten waren seine Kollegen schon dabei, die Fassade zu grundieren. Thomas hörte ein Auto vorfahren. Er drehte sich um und machte einen Schritt zurück, um hinunterzuschauen, dabei stieß er gegen den Eimer, und ein Teil der Farbe schwappte über den Rand und klatschte unten auf den Asphalt. Sein Chef war aus dem Lieferwagen gestiegen und schaute hoch und rief, verdammter Idiot, kannst du nicht aufpassen. Thomas hing mit dem Oberkörper über dem Geländer des Gerüsts, und die Kälte und der Regen, das Grau des Asphalts, das Grün des Rasens unter ihm warfen ihn zwanzig Jahre zurück an den Rand jener Spalte im

Karst, in die er gestürzt war. Eine Windböe spritzte ihm einige Regentropfen ins Gesicht, und während weit unten sein Chef immer noch vor sich hinwetterte, schien seine Stimme leiser zu werden, und es war Thomas, als lasse der Regen nach und brächen die Wolken auf, als falle er hinein in den Himmel in das gleißende Licht.

Astrid stand in der Küche und wusch das Geschirr vom Mittagessen ab. Am Vortag war Ella mit Emilie zu Besuch gewesen, und Astrid hatte einen Kuchen gebacken, weil es Emilies erster Schultag war. Was vom Kuchen übrig war, hatte sie Ella mitgegeben, nur ein kleines Stück hatte sie auf deren Drängen für sich behalten. Sie nahm die Haushaltsfolie vom Teller mit dem Kuchen und stellte ihn auf den Küchentisch. Das Fenster über der Spüle war offen, im Quartier war es still, nur eine Amsel störte die Mittagsruhe mit ihrem Gezeter. Astrid ging hinaus, um die Gemüseabfälle auf den Kompost zu bringen. Sie verscheuchte die Katze, die um den Zwetschgenbaum schlich. Wieder drinnen setzte sie Wasser auf für Kaffee, schüttete Pulver in den Filter, stand da und beobachtete, wie sich im Wasser kleine und dann größere Blasen bildeten. Ihr Hund, ein alter Labrador, kam in die Küche getrottet und schnüffelte an seinem leeren Futternapf herum. Astrid sah, wie er den Kopf hob und die Ohren spitzte, noch bevor sie das Quietschen des Gartentors bewusst wahrgenommen hatte. Da wusste sie, er war wieder da. Sie dachte nicht an die Kränkung und an den Schmerz, nicht an das, was gewesen war, und an das, was sein würde. Sie eilte ins Wohnzimmer und nahm durch das Fenster weniger den Menschen als gerade noch eine Bewegung wahr, diese Art zu gehen, die sie so gut kannte, leicht nach vorn gebeugt, etwas steif und doch schnell und entschlossen. Sie hörte seine Schritte auf dem Kies, dann hielten sie inne, und es war Astrid, als stehe auch ihr Herz still. Noch konnte er umkehren und für immer verschwinden. Aber er zögerte nur oder genoss den Augenblick der Heimkehr in dieser kurzen Verzögerung. Mit einem verwunderten Lächeln betrachtete er den blühenden Garten, nahm die Veränderungen wahr, staunte über die riesigen Rhabarberstauden, den Zwetschgenbaum, der noch ein kleines Bäumchen gewesen war, als er vor zwanzig Jahren gegangen war. Er bemerkte, dass der Holunderbusch fehlte, dass der Maschendrahtzaun um das Grundstück entfernt worden war und die benachbarten Gärten nun ineinander übergingen, als gehörten sie zusammen, dass im Haus nebenan andere Menschen eingezogen waren, die ihre Spuren hinterlassen hatten, eine Schaukel und einen kleinen, mit Holz umrahmten Sandkasten, ein Dreirad neben dem Eingang und ein Ball auf der Wiese. Unendlich lang schien Astrid dieses Innehalten, in der vollkommenen Stille hörte sie das Blut in ihren Ohren rauschen. Dann waren die Schritte wieder zu hören, langsamer jetzt auf der Außentreppe, als bereite es ihm Mühe, die Stufen hochzusteigen. Und plötzlich war sich Astrid sicher, dass Thomas all die Jahre kein anderes Leben geführt hatte, dass er keine neue Beziehung eingegangen war, keine Kinder bekommen, noch nicht einmal seinen Beruf ausgeübt, sich weitergebildet, sich weiterentwickelt hatte. Wie sie hatte er gewartet auf diesen Moment, diesen kurzen Augenblick des Glücks, in dem er die Hand auf die Türklinke legen und sie herunterdrücken würde. Diesen Moment, in dem die Tür sich öffnete und sie ihn sah als verschwommene Silhouette im hellen Mittagslicht.

Peter Stamm

Agnes

Roman

Band 17912

»Glück malt man mit Punkten,
Unglück mit Strichen ... Du musst, wenn du
unser Glück beschreiben willst, ganz viele kleine Punkte
machen ... Und dass es Glück war, wird man erst
aus der Distanz sehen.«

»Ein faszinierender literarischer Ernstfall.«
Neue Zürcher Zeitung

»Stamms literarisches Debüt ist ein so
sensibles wie lakonisches Kammerspiel über versuchte
Nähe, gelingende Liebe, metaphysisches Unglück
und sanftes Entschwinden.«
Jochen Hieber, Frankfurter Allgemeine Zeitung

Fischer Taschenbuch Verlag

Peter Stamm
Blitzeis
Erzählungen
Band 19255

Ein Pub in New York, ein Eisweiher im Thurgau, eine Klinik in Deutschland. Hitze, Regen und Blitzeis, Geheimnisse und Geständnisse, Storys und Liebesgeschichten. Neun Erzählungen des Autors von ›Sieben Jahre‹ und ›Agnes‹.

»Dieses dünne Buch von Peter Stamm gehört zu den ganz schönen und wichtigen Büchern.«
Marcel Reich-Ranicki

»›Blitzeis‹ gehört zum Bemerkenswertesten, was man gegenwärtig in der deutschen Sprache lesen kann.«
Neue Zürcher Zeitung

Peter Stamm

Ungefähre Landschaft

Roman

Band 18824

Ein kleines norwegisches Dorf nördlich des Polarkreises. An diesem Rand der Welt lebt Kathrine. Sie ist 28, hat aus erster Ehe ein Kind und unterbricht nur selten das Einerlei ihrer Tage. Sie lernt Thomas kennen und heiratet ihn. Er ist das, was man eine gute Par tie nennt, er gibt ihr Halt. Doch dann macht Kathrine eine Entdeckung, die sie tief verletzt.

Das Porträt einer jungen Frau, erzählt mit schwebender Leichtigkeit.

»Peter Stamm,
seit seinem Debüt ›Agnes‹
gefeiert, brilliert auch in seinem zweiten
Roman durch seine klare, unaufgeregte und nur
scheinbar schlichte Sprache. Der Stil porträtiert zugleich
auch die spröde Heldin, eine Frau auf der Suche. Kathrine
erkennt: Nur wer zu sich selbst findet, kann leben. Ein
bestechend gutes Buch. Stamms Sätze können klirren
wie Eis und schweben wie eine Schneeflocke.«
Frankfurter Rundschau

Fischer Taschenbuch Verlag

Peter Stamm

Wir fliegen

Erzählungen

Band 17803

In seinen neuen, wunderbaren Geschichten zeigt sich Peter Stamm als Meister im Erzählen unerwarteter Wendepunkte, des flüchtigen Glücks, mit dem man nicht mehr gerechnet hat. Denn kann man wünschen, was man nicht einmal sich selbst gegenüber zugibt? Und widerspricht der Wunsch, auserwählt zu sein, dem Wunsch nach Liebe?

»Von diesen stillen, behutsamen,
diskreten Texten geht Mut und Kraft aus.«
Martin Ebel, Tages Anzeiger

»Genau davon, von den Vorzügen
der Schweigsamkeit, von der brennenden Erwartung,
von der tröstlichen Ungewissheit des Lebens
handeln Stamms beste Erzählungen.«
Wolfgang Höbel, Der Spiegel

Fischer Taschenbuch Verlag